OSCAR WILDE

王爾德
童話故事全集

快樂王子與石榴屋

THE HAPPY PRINCE AND OTHER TALES
& A HOUSE OF POMEGRANATE

奧斯卡·王爾德——著　林侑青、李康莉、吳妍儀——譯

Part I 快樂王子及其他故事

Part II 石榴屋 082

我想幾乎沒有一個曾想用愛托住人類苦難的靈魂
讀了王爾德的〈快樂王子〉
不感到心碎
不在內心那整座玻璃森林
像黃金雨　紛紛墜落

它可能是人類所有虛構的童話中
比人魚公主　天鵝王子　小王子　比所有所有
都要悲傷　殘酷　絕望
卻又是最詩意　深邃　純淨　盤桓無盡意
最偉大的一個故事

駱以軍

Part 1

快樂王子及其他故事

快樂王子

在城市上空，一根高聳的圓柱上，矗立著快樂王子的雕像。他全身綴滿純金的薄葉片，雙眼是一對晶瑩的藍寶石，一只大紅寶石在他的劍柄上閃耀著璀璨的光芒。

他的確廣受眾人喜愛。

「他美得像一隻風信雞，」一位希望以擁有藝術鑑賞力獲得名聲的市議員如此評論，但唯恐民眾會認為他不切實際（他可不是那種人），又加了一句：「只是沒那麼實用。」

「為什麼你不能像快樂王子那樣呢？」一位明理的母親對吵著討月亮的小孩說：「快樂王子連作夢也不曾哭鬧要任何東西。」

「世界上還有如此快樂的人真令我欣慰。」一位失意的男子凝視著這座無與倫比的雕像喃喃自語。

「他看起來就像天使。」育幼院的孩子們說。他們正從大教堂出來，身著亮眼的緋紅斗篷和潔白的背心連身裙。

「你們怎麼知道？」數學老師說：「你們又沒有看過天使。」

「喔！我們有啊，在夢裡見過。」孩子們回答；數學老師皺眉不悅地板起臉，因為他不贊成小孩子作夢。

某夜一隻小燕子飛越城市而來。他的朋友早在六週前便飛往埃及，但他留了下來，因為他戀上那根最美麗的蘆葦。他在初春時分與她邂逅，當時他正沿著河飛，追一隻大黃蛾，深深被蘆葦的纖腰吸引，便停下來和她說話。

「讓我愛你好嗎？」燕子說。他喜歡直接切入重點，蘆葦只對他深深彎了個腰。於是他繞著她飛了一圈又一圈，用翅膀點水，激起銀色的漣漪。這是他獻殷勤的方式，他就這樣追求了整個夏天。

「真是荒謬可笑的愛慕之情，」其他燕子唧唧喳喳地說：「她又沒錢，而且親戚也太多了。」河邊的確滿滿地遍布蘆葦。然後，隨著秋天來臨，燕子們全飛走了。

他們離開後，燕子感到寂寞，開始厭倦追求心上人。「她一句話都不講，」他抱怨：「我擔心她是個狐狸精，因為她老是和風調情。」確實如此，每當微風吹拂，蘆葦便以最優雅的身段行曲膝禮。

「我承認她很居家，可是我愛四處旅行，想當然耳，我的妻子也應該熱愛旅行才對。」

「你願意和我走嗎？」他終於開口問她，然而蘆葦搖搖頭，她非常依戀她的家。

「原來你一直在戲弄我的感情，」他哭喊：「我要出發前往金字塔了，再見！」他便飛走了。

他飛了整日，入夜時他飛抵這座城市。「我該在哪過夜呢？」他說：「但願這城鎮已經為我準備好容身之處。」

然後他看見圓柱上的雕像。

「我在那過夜吧，」他說：「這地點不錯，空氣很新鮮。」於是他飛下來，落在快樂王子的雙腳間。

「我找到個金色的房間呢。」他邊環顧四周邊輕聲對自己說，然後打算睡了，但才把頭收到翅膀底下，一滴斗大的水珠突然落到他身上。「多麼奇怪的事！」他說：「天上半朵雲也沒有，星星清澈明亮，居然下雨了。北歐的天氣真是可怕極了。從前蘆葦喜歡雨，但那只是她的任性。」

接著又落下一滴。

「一座雕像不能擋雨還有什麼用？」他說：「我得找根好一點的煙囪頂管。」他決定飛走。

不過在他展開雙翼前，第三滴水珠掉落，他抬頭一望，瞧見——啊！他看到的是什麼？

快樂王子的雙眼盈滿淚水，淚珠沿著他金黃的臉頰滑落。他的臉龐在月光下如此美麗，使小燕子的內心充滿憐惜。

「你是誰？」他說。

「我是快樂王子。」

「你為什麼啜泣呢？」燕子問：「你害我溼透了。」

「當我還活著，有顆人心的時候，」雕像回答：「我不知道什麼是眼淚，因為我住在無憂宮裡，那裡不准憂傷進入。白天有人陪我在花園玩耍，晚上我在大廳領頭跳舞。花園四周圍著一道聳直的高牆，但我從不曾費心去問牆外頭是什麼，所有關於我的一切都是那麼美好。我的臣子稱我為快樂王子，要是尋歡作樂算是快樂的話，我確實很快樂。我如此活著，也如此死去。如今我死了，他們便把我立在這兒，這裡高得讓我看得見這座城一切的醜陋與苦難，儘管我的心是鉛做的，我仍然忍不住掉淚。」

「什麼！他不是純金的？」燕子對自己說。他很有教養，不會高聲評論別人。

「遠遠的，」雕像用低沉悅耳的聲音往下說：「遠遠的，在一條小街裡有家窮苦的人。有扇窗戶開著，從窗戶望進去，我看見一個婦人坐在桌前。她的臉頰凹瘦又憔悴。她有雙粗糙發紅的手，被針扎得滿是傷痕，因為她是裁縫師。她正在一件緞面禮服上繡百香果花，為了給皇后最可愛的侍女在下次宮廷舞會裡穿。她的兒子躺在角落一張床上病著。他發燒，吵著想吃柳橙。他母親沒什麼好給他，只有河水，因此他在哭。燕子，燕子，小燕子啊，你能不能將我劍柄上的紅寶石捎給她呢？我的腳被固定在基座上無法動彈。」

「有人在埃及等我，」燕子說：「我的朋友在尼羅河飛上飛下，和碩大的蓮花聊天，不久後他們就會睡在偉大的國王的墓裡。那位國王本人就躺在他彩繪的棺木中。他的身體裹著黃色的麻布，還塗了香料來防腐。一串淡綠的翠玉項鍊繫在他的頸間，他的手猶如枯萎的落葉。」

「燕子，燕子，小燕子啊，」王子說：「你能不能留下來陪我一晚，做我的信差呢？那個男孩渴得慌，他母親傷心得很。」

「我不喜歡小男孩，」燕子答：「去年夏天我還徘徊在河邊時，有兩個粗野的男孩，就是磨坊主人的兒子，老對我丟石子。當然他們打不中我；我們燕子飛行技巧好得很，沒那麼簡單打中，再說，我出身於一個以敏捷聞名的家族。可是這終究是無禮的表現。」

然而快樂王子看起來好憂傷，小燕子的心也軟了。「這裡好冷，」他說：「但我就留下來陪你一晚，做你的信差吧。」

「謝謝你，小燕子。」王子說。

於是燕子從王子的劍上取下那塊大紅寶石，啣著它越過城裡一戶戶屋頂飛遠了。

他飛過大教堂的塔頂，那裡雕著白色大理石的天使像。他飛過皇宮，聽見跳舞的樂聲。一位標緻的少女和她的情人走到外面的陽台，「星星多麼美妙，」他對她說：「愛情的魔力多麼美妙！」

「希望我的禮服能及時做好，趕得上盛大的舞會。」她接話：「我還囑咐要繡上百香果花；但那些女裁縫太懶了。」

他飛越河面，看見一盞盞懸掛在船隻桅杆上的燈籠。他飛過猶太區，看見老猶太人用銅秤稱錢幣，彼此討價還價。終於他到了那戶窮苦的人家，往屋內望去。男孩發燒在床上翻來覆去，母親睡著了，她好疲憊。他跳進窗裡，將紅寶石放在桌上，就在婦人的頂針旁。然後他輕柔地繞著床飛，用翅膀為男孩的額頭搧風。「我覺得好涼爽啊！」小男孩說：「我一定快好了。」便墜入香甜的夢鄉。

接著燕子飛回快樂王子的身邊，把所做的事告訴王子。「真是奇怪，」他發表心得：「雖然天氣這麼寒冷，此刻我卻覺得好溫暖。」

「那是因為你做了件好事啊。」王子回應，當小燕子開始思考時便睡著了，思考事情總是讓他想睡。

天亮後，他飛到河邊洗了個澡。「多稀奇的現象！冬日裡的燕子！」一位鳥類學教授說，當時他正從橋上經過。他寫了封關於此事的長信給當地報社發表。人人引用內文，畢竟這封信充滿太多他們看不懂的詞彙。

「今晚我要到埃及去。」燕子說，他想到眼前的旅程，心情無比興奮。他參觀了城裡所有的公共紀念物，還在教堂的尖頂上坐了一陣子。他所到之處，麻雀們都吱吱喳喳互相說著：「多麼出類拔萃的生面孔哪！」燕子因此非常自得其樂。

月亮升起時，他飛回快樂王子那裡：「你在埃及有什麼事要委託我嗎？我要出發了。」他大喊。

「燕子，燕子，小燕子啊，」王子說：「你能不能再留下來陪我一晚？」

「有人在埃及等我呢，」燕子回答：「明天我的朋友就會飛往尼羅河的第二大瀑布了。在那兒，河馬躺臥在香蒲間，門農神像端坐在巨大的花崗岩寶座上。他整夜看守星星，當晨星散發光芒之際，他發出一聲喜悅的呼喊隨即沉默。正午時分，黃色的獅群走到河岸飲水，他們有綠寶石般的眼睛，他們的吼聲比瀑布的水聲還響亮。」

「燕子，燕子，小燕子啊，」王子說：「遠遠的，在城市的另一頭，我看見一個在閣樓裡的年輕人，他倚著一張堆滿紙張的桌子埋頭寫字，身旁的大玻璃杯中是一束枯萎的紫羅蘭。他的頭髮是棕色的，一綹綹捲在一起，他的嘴唇紅如石榴，還有雙朦朧的大眼睛。他正努力為戲院經理完成一齣劇本，但他實在太冷了，一個字都寫不出來。火爐裡沒有火，他又餓得頭暈眼花。」

「我願意留下來再陪你一晚，」燕子說，他確實有副好心腸：「要我送另一顆紅寶石給他嗎？」

「唉！我現在沒有紅寶石了，」王子說：「我只剩一對眼睛。他們用珍奇的藍寶石做成，寶石還是一千年前在印度出產的。請取下一顆送去給他吧。他可以賣給珠寶商，添購柴火，寫完他的劇本。」

「親愛的王子，我不能這麼做。」燕子說著啜泣起來。

「燕子，燕子，小燕子啊，」王子說：「請照我的吩咐做吧！」

於是燕子便取出王子的一只眼睛，往遠方窮學生的閣樓飛去。屋頂破了一個洞，要進去再簡單也不過，他倏地從洞裡飛進房間。年輕人用手撐著頭，所以沒聽見翅膀振動的聲音，當他一抬頭，便發現有顆絕美的藍寶石擺在枯萎的紫羅蘭上。

「開始有人賞識我啦！」他大叫：「這一定是某位仰慕者送來的。現在我能好好寫完戲了。」他看起來很高興。

隔天燕子飛往港口。他坐在一艘大船的桅杆上，望著水手們用繩索將箱子拖出貨艙。他們每拖出一個箱子便大喊「喲嗬拉呀！」燕子嚷嚷：「我要去埃及了！」可是沒人注意到他，等到月亮升起時，他飛回快樂王子那裡。

「我是來和你道別的。」他說。

「燕子，燕子，小燕子啊，」王子說：「你能不能留下來再陪我一晚？」

「已經是冬天了，」燕子答：「很快這裡就會降下嚴寒的霜雪。這時在埃及，溫暖的陽光照在綠油油的棕櫚樹上，鱷魚賴在泥巴裡懶洋洋地看著四周。我的朋友在太陽城巴貝克神廟築巢，淡粉和雪白的鴿子在旁邊看著，互相咕咕細語。親愛的王子，我得離開你了，不過我絕對不會忘了你，來年春天我會帶兩顆美麗的寶石回來給你，好彌補你失去的那些。我帶來的紅寶石會比玫瑰艷紅，藍寶石會比大海湛藍。」

「在下面的廣場，」快樂王子說：「站著一個賣火柴的小女孩。她不小心把火柴灑到水溝裡，火柴全完了。要是她沒帶點錢回家，她的父親會責打她，她正哭著呢。她沒穿鞋也沒穿襪，小小的頭上也沒戴頂帽子。取下我另一只眼睛給她吧，她的父親就不會打她了。」

「我願意留下來再陪你一晚，」燕子說：「但是我不能取下你的眼睛。這樣你就看不見了。」

「燕子，燕子，小燕子啊，」王子說：「請照我的吩咐做吧！」

於是燕子取下王子另一只眼睛，啣著它往下飛。他猛然飛落小女孩身邊，輕輕將寶石滑落在她的掌心。「好漂亮的玻璃呀！」小女孩大喊，然後跑回家，一路笑著。

然後燕子回到王子的身邊，他說：「現在你看不見了，我要永遠留下來陪你。」

「不，小燕子，」可憐的王子說：「你得飛到埃及去。」

「我要永遠留下來陪你。」燕子說完便在王子的腳下睡去。

第二天，他整天坐在王子肩上，告訴王子他在異國的所見所聞。他提到紅色的朱鷺，一列列站在尼羅河岸邊，用尖嘴抓金魚；他提到人面獅身像，活得和世界一樣悠長，住在沙漠中，無所不曉；他提到商人們，手裡握著琥珀串珠緩緩走在駱駝身旁；他提到月亮山脈[1]之王，如黑檀木般漆黑，崇拜一塊巨大的水晶；他提到那條睡在棕櫚樹上的大綠蛇，有二十位祭司拿蜂蜜蛋糕餵養；他提到用扁平的大樹葉做船划過大湖的侏儒，老是和蝴蝶打仗。

「親愛的小燕子啊，」王子說：「你告訴我各種令人嘖嘖稱奇的事，但最讓人驚歎的，莫過於男男女女所受的折磨。沒有比苦難悲慘更不可思議的了。小燕子，在我

1 月亮山脈（Mountains of the Moon）是古籍裡傳說中的山脈，位於非洲尼羅河發源地。

的城市上頭飛一圈吧，告訴我你看見了什麼。」

於是燕子在這座大城上方飛著，看見富人們在豪宅裡作樂，而乞丐們在門口枯坐。他飛進暗巷，看見挨餓的孩子慘白的臉龐，他們無精打采地從汙穢的街衢往外望。在一座拱橋下，兩個小男孩摟在一起，想讓身體保持溫暖。他們說：「我們好餓啊！」守衛大吼：「你們不准躺在這裡！」他們只好起身走入雨中。

然後燕子飛回來，告訴王子他看見的景象。

「我全身都是純金的葉子，」王子說：「你摘下來，一片片拿去給我貧窮的子民；活著的人總是覺得黃金能讓他們開心。」

一葉接一葉的金子被燕子啄下，直到快樂王子看來既晦暗又灰慘。一葉接一葉的金子被燕子送到窮人手中，孩子們的臉頰更顯紅潤，他們歡笑著在街道上玩耍。「我們有麵包可吃了！」他們大聲嚷。

接著冰雪到來，嚴霜也隨後來臨。街道彷彿以純銀建造，那麼晶瑩，又閃閃發亮；長長的冰柱宛如水晶短劍般懸掛在屋簷底下，人人穿皮裘外出，小男孩們也戴上紅帽子溜冰去。

可憐的小燕子愈來愈冷，可是他仍然不願意離開王子，他實在太愛王子了。他趁麵包師傅不注意時從門口啄麵包屑吃，並且拍著翅膀取暖。

但到了最後他知道自己快要死了。他用僅存的力氣再度飛上王子的肩膀，喃喃說著：「再見了，親愛的王子！你願意讓我親吻你的手嗎？」

「小燕子，我好高興你終於要飛去埃及了，」王子說：「你在這裡待太久了；不過你得親我的嘴唇，因為我愛你。」

「我不是要去埃及，」燕子答：「我要到死亡之屋去了。死亡是長眠的兄弟，不是嗎？」

於是他吻了快樂王子的唇，然後跌落在他腳邊死去。

這時雕像的內部傳出奇特的破裂聲，彷彿有什麼東西碎了一樣。事實是王子那顆鉛製的心已經啪地裂成兩半了。果真是可怕的嚴霜啊。

隔天一早，市長在市議員的陪伴下在下方的廣場散步，當他們經過圓柱時，市長仰頭望著雕像說：「唉呀呀，快樂王子怎麼看起來這麼寒酸！」

「的確，這麼寒酸！」市議員高喊。他們總是附和市長的意見，然後他們也跟著抬頭望。

「他劍柄上的紅寶石掉了，眼珠子也沒了，而且也不再是黃金的了，」市長說：「老實說他比要飯的好不了多少！」

「比要飯的好不了多少！」市議員們說。

市長繼續說：「而且還有一隻鳥死在他腳邊！我們真該頒布公告，禁止鳥死在這個地方。」書記官立刻記下這個提議。

於是他們拆除了快樂王子的雕像。大學藝術系教授說：「既然他不再美麗，那他也不再有用了。」

然後他們將雕像丟進火爐熔化，市長召集團隊開會決定金屬的用途。「當然，我們得另外鑄一座雕像，」他說：「那就立我的雕像吧。」

「我的雕像！」每個市議員異口同聲地說，然後他們便吵了起來。據說他們到現在仍然爭執不休。

「多麼離奇啊！」鑄造廠監督工人的工頭說：「這塊破裂的鉛心在爐裡熔化不了，看來只好把它丟了。」於是他們將它丟在垃圾堆，那隻死去的鳥兒也躺在那裡。

「將城裡最珍貴的兩樣物品帶來給我。」上帝對他的一位天使說；天使便把那塊鉛心和死去的燕子帶到上帝面前。

「你選得很對，」上帝說：「因為這隻小鳥兒將永遠在我天堂的花園裡歌唱，而快樂王子將在我純金的城裡讚美我。」

夜鶯與玫瑰

「她說只要我送她紅玫瑰，她就願意與我共舞，」年輕的學生大聲說：「可是我整座花園裡連朵紅玫瑰都沒有。」

在冬青櫟中築巢的夜鶯聽見他說的話，從枝葉間探頭向外望，大感驚訝。

「我的花園裡一朵紅玫瑰都沒有！」他哭喊，美麗的眼眸盈滿淚水：「唉，我的幸福怎麼會繫在這種小事上！我飽讀所有聖賢書，通曉所有哲學的奧祕，可就因為得不到一朵紅玫瑰，使我的人生變得如此不幸。」

「這裡終於有位真心的情人了，」夜鶯說：「夜復一夜我歌頌他，儘管我不認識他；夜復一夜我對星星訴說他的故事，如今我親眼得見。他的髮色深如盛開的風信子，他的嘴唇殷紅如他渴望的玫瑰；但激動的情感讓他的臉龐宛若蒼白的象牙，憂愁印上了他的眉梢。」

「王子明晚要辦舞會，」年輕的學生喃喃說：「我的心上人也會參加。要是我能送她一朵紅玫瑰，她會與我共舞到天亮。要是我能送她一朵紅玫瑰，我就能擁她入懷，而她會把頭輕輕靠上我的肩膀，她的手會被我牢牢緊握。但我的花園裡連朵紅玫瑰都沒有，所以我只能寂寞地坐著，她會從我面前走過，完全不會注意到我，而我的心就這麼碎了。」

「千真萬確，這裡有位真心的情人，」夜鶯說：「我所歌頌的，是他的苦難；我所喜悅的，是他的悲痛。愛情無疑是美妙的事物，比綠寶石更珍貴，比上好的貓眼石更貴重。珍珠與石榴買不到，也沒被陳列在市場架上；無法從商賈手中購得，也無法秤斤論兩換成金子。」

「樂手們會坐在二樓包廂，」年輕學生說：「演奏他們的弦樂器，我的愛人會隨著豎琴與小提琴的樂音起舞；她的舞步如此輕盈甚至足不沾地，身著華美衣裳的朝臣會爭先恐後圍住她；但她不會與我共舞，因為我沒有紅玫瑰送她。」於是他撲倒在草皮上，雙手掩面，哭泣。

「他為什麼在哭呢？」一條小綠蜥蜴豎起尾巴跑過學生面前，這樣問道。

「的確，哭什麼呢？」正飛舞著追逐日光的蝴蝶疑惑。

「的確，哭什麼呢？」一朵小雛菊悄聲問左鄰右舍，以輕柔又和緩的嗓音。

「他正為了一朵紅玫瑰而哭呢。」夜鶯答。

「為了一朵紅玫瑰？」他們嚷嚷：「太可笑了吧！」那隻小蜥蜴素來有些憤世嫉

俗，大聲笑了出來。

然而夜鶯明瞭學生憂傷的祕密，她默默坐在櫟樹枝上，思索著愛情的不可思議。

突然她展開棕色的翅膀，騰空飛去。她像道影子似的穿梭過果林，又像道影子似的飛越了花園。

在草地的中央佇立一樹美麗的玫瑰，夜鶯一見便飛向前去，棲在一根小枝上。

「給我一朵紅玫瑰，」她大喊：「我唱最甜美的歌給你聽。」

但玫瑰搖了搖頭。「我的花是白色的，」他回答：「白如海浪的泡沫，比山頂的積雪更潔白。你去找我那長在舊日晷儀旁的兄弟吧，或許他會給你想要的東西。」

於是夜鶯飛到那株長在舊日晷儀旁的玫瑰那裡。

「給我一朵紅玫瑰，」她大喊：「我唱最甜美的歌給你聽。」

但玫瑰搖了搖頭。「我的花是黃色的，」他回答：「黃如坐在琥珀寶座上美人魚的秀髮，比刈草人帶著鐮刀到來前在草地上盛放的水仙更鮮黃。你去找我那長在學生窗下的兄弟吧，或許他會給你想要的東西。」

於是夜鶯飛到長在學生窗下的那株玫瑰那裡。

「給我一朵紅玫瑰，」她大喊：「我唱最甜美的歌給你聽。」

但玫瑰搖了搖頭。

「我的花是紅色的，」他回答：「紅如白鴿的雙腳，比海底洞窟中隨浪擺動的一扇扇巨大珊瑚更殷紅。不過冬天已經凍僵了我的血管，冰霜也凍枯了我的花苞，且風雨打壞了我的枝椏，我今年都不會再開花了。」

「我只要一朵紅玫瑰，」夜鶯叫道：「只要一朵就好！難道沒有任何辦法能讓我得到一朵紅玫瑰嗎？」

「是有個辦法，」玫瑰答：「但那實在太可怕了，我不敢告訴你。」

「告訴我吧，」夜鶯說：「我不怕。」

「要是你想要一朵紅玫瑰，」玫瑰說：「你得在月光下用音樂造就它，用你心頭的血來染紅它。你得用胸口抵著尖刺對我歌唱，你得對我唱上一整夜，尖刺得刺穿你的心臟，而你的生命之血會流入我的血管成為我的。」

「用死亡換一朵紅玫瑰代價太高了，」夜鶯大喊：「生命對每個人都很寶貴。坐在翠綠的樹上，看著太陽駕著金色馬車升起，月亮駕著珍珠馬車升起，是多麼愉悅的事。山楂的香氣如此芬芳，隱居於山谷中的藍風鈴草，與盛開在山坡上的石楠花也一樣芬芳。然而愛情勝過生命，一隻鳥兒的心又如何比得上人類的心呢？」

於是她展開棕色的翅膀，騰空飛去。她像道影子似的橫掠過花園，又像道影子似的飛渡了果林。

年輕的學生仍然躺臥在草地上，就在她離開時的地方，他美麗眼眸中的淚水尚未乾涸。

「快樂點，」夜鶯說：「快樂點；你會得到你的紅玫瑰。我會在月光下以音樂造就它，以我的心血染紅它。我只要求你用一件事報答我，就是當個真心的情人，因為儘管哲學很聰慧，愛情比它更聰慧；儘管權力很強大，愛情比它更強大。愛情的翅膀色如火焰，如焰之色的是愛情的身體。它的嘴唇甜美如蜜，它的呼吸猶如乳香[2]。」

學生從草地上仰起頭，聽著，但他聽不懂夜鶯在對他說什麼，因為他只知道寫在書本上的事情。

2 乳香（frankincense）是乳香木提煉的樹脂，是一種貴重的香料，可製作薰香或精油，古代常用於宗教儀式。

可是冬青櫟懂得。他感到悲傷，因為他很喜愛這隻在他枝葉間築巢的小夜鶯。

「為我唱最後一首歌吧，」他輕聲說：「你走了我會很寂寞。」

於是夜鶯為冬青櫟唱歌，她的歌聲彷彿自銀罐裡琤瑽流出的清水。

她唱完歌後，學生起身，從口袋拿出筆記本和鉛筆。

「她唱得有模有樣，」他自言自語，邊穿過果林走遠：「這無法否認；但她有感情嗎？恐怕沒有。事實上，她就像多數藝術家一樣；只有表面的風格，沒有分毫真誠。她不會為他人犧牲自己。她只關心音樂，大家都知道藝術是自私的。不過，必須承認她的聲音裡有些音調很美妙。可惜那些不代表什麼，也沒半點實際的益處！」他走進房裡，躺在簡陋的小床上，開始想起他的愛人；過了一會兒，他便睡著了。

當月亮在天際閃耀，夜鶯飛到玫瑰樹前，將她的胸口抵著尖刺。一整夜她唱著，以胸口抵著尖刺，清澈如水晶的冷月也俯身聆聽。一整夜她唱著，尖刺戳入胸口，愈刺愈深，愈刺愈深，她的鮮血一點一滴消逝。

起初她唱的是男孩和女孩心中萌芽的愛情。玫瑰樹最頂端的小枝上綻放一朵絕美無比的玫瑰，一瓣接著一瓣盛開，一首接著一首吟唱。一開始，它如此蒼白，彷彿河面籠罩的薄霧；蒼白似晨光的雙腳，銀白似黎明的翅膀。白如銀鏡中映出的花影，白如池水裡映出的花影，玫瑰樹最頂端的小枝上綻放的那朵玫瑰如此蒼白。

可櫟樹叫夜鶯把刺抵得更緊一點。「靠緊點，小夜鶯，」櫟樹大喊：「否則玫瑰還沒完成天就亮了。」

於是夜鶯將刺抵得更緊，歌聲愈來愈嘹亮，因為她唱的是男人與女人靈魂深處激烈的愛。

一層嬌嫩的紅暈爬上玫瑰的花瓣，就像新郎親吻新娘時臉上泛起的紅暈一樣。但尖刺還沒戳入夜鶯的心臟，所以玫瑰花心仍是白的，唯有夜鶯的生命之血才能染紅玫瑰的花心。

櫟樹叫夜鶯把刺抵得再緊一些。「靠緊點，小夜鶯，」櫟樹大喊：「否則玫瑰還沒完成天就亮了。」

於是夜鶯將刺抵得更緊，尖刺碰到了她的心，一陣尖銳的劇痛貫穿全身。痛楚，愈來愈劇烈，而歌聲，愈來愈狂野；因為她唱的是以死完美成就的愛情，在墳墓裡永遠不朽的愛情。

絕美無比的玫瑰變得緋紅，彷彿東方天空的朝霞。花瓣的外圈是深紅，花心絳紅如寶石。

但夜鶯的歌聲逐漸衰弱，她的小翅膀撲動，一層薄翳蒙上她的雙眼。她的歌聲愈來愈衰弱，她感到咽喉被什麼東西噎住。

然後她迸出最後一串音符。冷月聽見了，竟忘記黎明，只顧在空中徘徊。紅玫瑰聽見了，全身狂喜地顫抖，在清晨冷冽的空氣裡打開花瓣怒放。回聲將樂音帶回山中紫色的洞穴，將酣睡的牧童從夢中喚醒。樂音隨著河畔的蘆葦流動，蘆葦又將消息帶往大海。

「看吶！看吶！」櫟樹大喊：「玫瑰完成了！」但夜鶯毫無反應，她早已躺在長草間死去，胸口還扎著那根尖刺。

到了中午，學生打開窗戶向外望。

「我怎麼會有這等好運！」他嚷道：「這裡有朵紅玫瑰！我這輩子還沒見過這樣的玫瑰。美到我相信它一定有個很長的拉丁文學名。」他彎身向前摘下它。

然後他戴上帽子，手拿玫瑰跑到教授家去。

教授的女兒坐在門口，在紡車上纏繞藍色的絲線，她的小狗躺在腳邊。

「你說過要是我送你一朵紅玫瑰，你就會跟我跳舞，」學生大聲說：「世上最豔紅的玫瑰在此。今晚你就將它別在胸前，我們共舞時，它會告訴你我有多愛你。」

但女孩皺起眉。

「我怕它不搭我的禮服。」她答：「再說，大臣的姪子送了我一些上等珠寶，大家都知道珠寶比鮮花值錢多了。」

「好吧，說實在話，你真是不知好歹。」學生氣憤地說，然後他將玫瑰丟到街道上，花掉入溝中，車輪輾過。

「不知好歹？」女孩說：「我告訴你，你才沒禮貌；說到底，你算哪根蔥？一個學生罷了。唔，我可不相信你的鞋跟大臣姪子的鞋一樣上面釘著銀釦子。」她站起來走進屋裡。

「愛情這東西多麼愚蠢！」學生邊走邊說：「它的用處比不上邏輯的一半，因為它什麼都證明不了，它總是告訴人一些永遠不可能成真的事，讓人相信虛假的事物。老實說，它完全不切實際，而在這個年代，實際才是一切，我還是回到哲學的世界讀我的形上學吧。」

於是他回到房間，拿出一本滿是灰塵的大書，讀了起來。

自私的巨人

每天下午，孩子們放學後，總喜歡跑來巨人的花園裡玩耍。

這是座又大又美的花園，長滿柔嫩的青草。草地上處處挺立著星子般美麗的花朵，還有十二棵桃樹，在春天綻放粉紅潤白的嬌嫩花朵，在秋天結出碩大的果實。鳥兒棲息樹梢，唱出甜蜜的歌聲，甜美地讓孩子們總是暫停遊戲駐足聆聽。「我們在這兒好開心呀！」孩子們彼此歡呼。

有一天巨人回來了。他之前去康威爾找他的朋友食人怪串門子，他在那裡待了七年。過了七年他已經說完所有想講的話（因為聊天的能力有限），便決定回到他的城堡，一回到城堡就看見孩子們在花園裡玩。

「你們在這裡做什麼？」他粗暴地大吼，孩子們都跑開了。

「我的花園就是我的花園，」巨人說：「人人都明白這個道理，除了我本人，我不允許任何人在裡面玩樂。」於是他在花園四周築了一道高牆，架起公告欄：

不得擅入

違者嚴懲

他是個非常自私的巨人。

可憐的孩子們如今沒有地方可以玩耍。他們只好勉強在街上玩，但街道滿是塵土而且到處都是堅硬的石子，他們不喜歡這樣。他們放學後總是在高牆外晃來晃去，聊著牆內美麗的花園。「我們以前在那兒多開心呀！」孩子們彼此說著。

接著春天到來，鄉下到處開滿小花，小鳥四處鳴唱。只有自私的巨人那座花園裡還是冬天。

鳥兒們不肯在花園裡唱歌，因為那裡沒有孩子，樹木也忘了開花。一度有朵美麗的花從草間探出頭來，但它看見公告，深深替孩子們感到難過，馬上又縮回地底，繼續冬眠去了。

覺得高興的只有冰雪和嚴霜。「春天已經忘了這座花園，」他們大喊：「那我們就整年都住這吧！」冰雪用他白色的大斗篷覆蓋草地，嚴霜將樹木漆成銀色。然後他們邀請北風同住，北風來了。他裹著毛皮大衣，成天在花園裡咆哮，將煙囪的管帽吹倒。「這真是個令人愉快的地方，」他說：「我們要邀請冰雹來玩一趟。」於是冰雹來了。每天他總要在城堡屋頂鬧上三小時，直到弄壞大部分的屋瓦，然後他繞著花園一圈一圈狂奔，能跑多快是多快。他一身灰衣，吐出的氣息像冰一樣。

「我真不懂為什麼春天來得這麼遲，」自私的巨人說，他坐在窗邊看著他冰冷、雪白的花園：「希望天氣不久就會變好。」

然而春天始終不來，夏天也沒有。秋天賜予每座花園金黃的果實，但巨人的花園裡什麼都沒有。「他太自私了。」秋天說。於是冬天一直在那裡，北風也是，冰雹也是，嚴霜和冰雪在樹叢間跳舞。

某天早晨，巨人在床上醒來，當時他聽見悅耳的音樂。樂音如此動人，他以為一定是國王的樂隊從門前經過。其實那只是隻小紅雀在他窗外唱歌。不過，距離上次有鳥兒在他的花園高歌已經好久好久，所以他才覺得這是全世界最美妙的音樂。這時冰雹停止在他頭上跳舞，北風也停下怒吼，一股誘人的香氣透過開啟的窗扉飄到他面前。「我相信春天終於來了！」巨人說；他跳下床向外望。

他看見了什麼？

他看見美妙無比的景象。孩子們從牆上的小洞爬進花園，正坐在樹枝上，每棵他見到的樹上都有個小孩。樹木們看見孩子回來好高興，讓自己全身開滿花朵，在孩子們頭上溫柔地揮舞臂膀。鳥兒們愉悅地飛來飛去啁啾細語，花兒們從綠草間探出頭笑著。這真是美好的景象，只有一處角落仍然是冬天。那是花園最遠的角落，那兒站著一個小男孩。他年紀太小了，搆不到樹枝，他在樹下轉來轉去，哭得很厲害。那棵可憐的樹仍然被霜雪覆蓋，北風在樹梢狂吹怒吼。「快爬上來呀！孩子！」樹說著，他盡力垂低枝條；但男孩實在太小了。

看見這幕巨人的心融化了。

「一直以來我多麼自私啊！」他說：「現在我明白為什麼春天不肯來了。我要把那可憐的小男孩抱上樹梢，接著我要拆毀高牆，我的花園永遠永遠都會是孩子的遊樂場。」他對自己之前的舉動真的十分懊悔。

他緩緩下樓，悄悄打開大門，走進外頭的花園。可是孩子們一見到他，嚇得魂飛魄散，全都逃走了，花園又變回冬天。只有那個小男孩沒有跑開，因為他的雙眼盈滿淚水，沒看見巨人走來。巨人偷偷走到他身後，輕輕將他擺在手心，放到樹枝上。樹木旋即再度綻放花朵，鳥兒們也在樹上歌唱，小男孩伸長雙臂環抱巨人的脖子，親了他一下。其他孩子們見到巨人不再那麼凶惡便跑了回來，春天也隨之回歸。「孩子們，現在這是你們的花園了。」巨人說。他拿了把大斧，砍毀高牆。當人們中午前往市集，他們發現巨人和孩子們在他們此生見過最美的花園裡一塊兒玩耍。

他們玩了一整天，天黑了，他們來跟巨人說再見。

「你們那個小同伴呢？」他說：「那個我放上樹的小男孩。」巨人最愛那個孩子，因為他親過他。

「我們不知道，」孩子們回答：「他已經走了。」

「你們一定要轉告他，叫他明天再來。」巨人叮囑，但孩子們說不曉得他住哪裡，以前也沒有見過他；巨人心裡好難受。

每天下午一放學，孩子們便跑來找巨人玩耍。但再也沒人見過那個巨人最愛的小男孩。巨人對所有孩子都很和氣，但他渴望再次見到他第一個結識的小朋友，而且經常提起他。「我多想見他一面啊！」他時常這麼說。

許多年過去，巨人變得年老又衰弱。他經不起陪孩子們玩鬧，於是便坐在大扶手椅裡，看著孩子們玩遊戲，同時欣賞他的花園。「我有好多美麗的花，」他說：「不過孩子們才是最美的花朵。」

某個冬日清晨，他在更衣時向窗外望。他如今不厭惡冬天了，因為他知道春天只是睡著了，花兒們只是在歇息。

他突然驚訝地揉了揉眼睛看了又看。這確實是不可思議的景象。在花園最遠的角落有棵樹開滿了可愛的白花，它的枝椏是金色的，枝條間懸著銀色的果實，樹下站著那個他深愛的小男孩。

滿心歡喜，巨人跑下樓，進到外頭的花園。他趕緊穿過草地，來到小孩面前。當他挨近一看，他的臉因為憤怒而脹紅，他問：「誰膽敢傷了你？」因為那孩子的一雙手掌上有兩個釘痕，兩個釘痕也出現在那雙小腳上。

「誰膽敢傷了你？」他大喊：「告訴我，好讓我帶大刀去劈死他。」

「別！」那孩子回答：「這些可是愛的傷痕。」

「你是誰？」巨人問。他突然升起一股奇異的敬畏，便在小孩面前跪下。

小孩對巨人微笑，對他說：「你曾讓我在你的花園裡玩過一次，今天你就隨我到我的花園去吧，那裡就是天堂啊。」

那天下午孩子們跑進花園的時候，他們發現巨人躺在樹下過世了，全身蓋滿潔白的花瓣。

忠誠的朋友

某天早晨一隻老河鼠從洞裡探出頭來。他有圓滾滾的亮眼珠，直挺挺的灰鬍鬚，尾巴像條長長的黑印度橡膠。小鴨們在池塘游來游去，看起來真像一群黃色的金絲雀；他們的媽媽全身雪白，有雙紅腳掌，正在教他們如何在水中倒立。

「你們要是學不會倒立，就永遠進不了上流社會。」她不斷對小鴨們說，並且不時示範給他們看。不過小鴨子們心不在焉，他們年紀太小，根本不懂進入社會有什麼好處。

「多不聽話的孩子！」河鼠大喊：「他們真該淹死。」

「別這樣，」鴨媽媽說：「萬事起頭難，做父母就得有耐心。」

「嘖！我才不懂當父母的感覺，」老河鼠說：「我不是個愛家庭的人。事實上，我從沒結過婚，也從沒這打算。愛情本身是不錯，但友情價更高。說真的，我知道這世上沒有比忠誠的友誼更高貴更難得的東西。」

「那，請問，你覺得當個忠誠的朋友有什麼義務呢？」一隻綠金翅雀發問，他坐在附近一根柳枝上，偷聽了之前的對話。

「對啊，我也想知道。」鴨媽媽說；她游到池塘另一頭，示範倒立給小孩看。

「真蠢的問題！」河鼠大聲說：「那還用說，當然希望忠誠的朋友對我忠誠。」

「那你要怎麼報答他呢？」小鳥兒說，拍動他的小翅膀，跳上一根銀色的枝椏。

「我不懂你的意思。」河鼠回答。

「我跟你說個這方面的故事吧。」金翅雀說。

「這故事跟我有關嗎？」河鼠問：「有的話，我就聽，因為我特別喜歡小說。」

「是可以用在你身上。」金翅雀答，他飛下來，落在池邊，說起「忠誠的朋友」的故事。

「很久很久以前，」金翅雀說：「有個老實的小夥子名叫漢斯。」

「他很了不起嗎？」河鼠問。

「不，」金翅雀答：「我一點都不覺得他多了不起，不過他有副好心腸，還有張渾圓逗趣、好脾氣的臉。他獨自住在一間小屋，每天在花園裡工作。方圓十里就屬他的花園最漂亮，那裡長著西洋石竹、麝香石竹、薺菜還有法國淑女[3]，還種了淡紅玫

3 法國淑女（fair-maids of France），毛茛科毛茛屬，是歐洲一種多年生複瓣小白花。

瑰、黃玫瑰、紫番紅花，以及金色、紫色和白色的堇花。夢幻草[4]和碎米薺[5]，墨角蘭[6]和野羅勒，報春花[7]和百合花，黃水仙和康乃馨，按照月份依次綻開盛放，一種凋謝了另一種又盛開，因此園裡總見得到美麗的事物，聞得到愉悅的香氣。」

小漢斯有很多朋友，但最忠誠的就屬磨坊主人大修了。的確，這個富有的磨坊主人對小漢斯是那麼忠誠，所以他每回路過漢斯的花園一定會靠著籬笆摘一大束花，或拔一大把香草，或在口袋裝滿梅子和櫻桃，如果季節正好的話。

磨坊主人總說：「真正的朋友應該共享一切。」小漢斯在一旁點頭微笑，自豪擁有一個思想如此崇高的朋友。

的確，有時鄰居們也覺得奇怪，儘管富有的磨坊主人在磨坊裡存了一百袋麵粉，

4 夢幻草（columbine），毛茛科耬斗菜屬之多年生宿根性草花，花型優美，法國人稱之為「聖母的手套」。
5 草甸碎米薺（ladysmock），十字花科碎米薺屬，分布於歐洲、美洲、亞洲。
6 墨角蘭（marjoram），唇形科牛至屬，是對寒冷敏感的多年生香草，帶有甜松和柑橘的香味，常用於調味。
7 報春花（primrose）亦稱櫻草花。此處原文為 cowslip，是報春花科報春花屬下的一個品種，俗稱「黃花九輪草」或「德國報春花」，為了盡量保留三字結構，僅以報春花譯之。

又有六頭乳牛和一大群毛茸茸的綿羊，他卻從沒給過小漢斯任何東西做為報答；不過小漢斯從不煩惱這些事情，磨坊主人經常對他說起真正友誼的無私精神，沒有比聽好友說這些奇妙事情更讓他開心的了。

於是小漢斯在花園裡努力幹活。春、夏、秋期間他都很快樂，可是冬天一來，他沒有果子或花卉拿去市集販賣，便得狠狠捱餓受凍，經常連晚飯也沒得吃，只能吃點梨乾或堅果便上床睡了。同時，冬天裡他特別寂寞，因為磨坊主人絕不會來找他。

磨坊主人總是對妻子說：「只要雪還下著，我去看小漢斯也沒什麼好處，因為人遭遇困難的時候，應該讓他們獨處，不要有客人打擾他。至少這是我對友誼的看法，我相信我是對的。所以我要等到春天來臨，到時再去拜訪他，他還能給我一大籃報春花，這會讓他非常高興。」

「你真的很替別人著想，」他的妻子回答，她此刻坐在舒適的搖椅上，旁邊是一爐旺盛的柴火：「真的很體貼。聽你談友誼真是種享受。我相信牧師本人也講不出這般美麗的話，哪怕他住在一棟三層樓的房子裡，小指上還戴了枚金戒指。」

「可是，難道不能請小漢斯來我們家嗎？」磨坊主人的小兒子問：「如果可憐的漢斯遇到困難，我願意把粥分他一半，還會給他看我的小白兔。」

「你真是個蠢小孩！」磨坊主人大嚷：「我真不知道送你去讀書有什麼用。你好像什麼都沒學到。你想，要是小漢斯來這裡，看見我們溫暖的爐火、豐盛的晚餐，還有一大桶上等的紅酒，他說不定會心生嫉妒，嫉妒是最可怕的東西，會毀了一個人的本性。我當然不允許漢斯善良的本性被破壞。我是他最好的朋友，我會一直照顧他，留心他不受任何誘惑拐騙。再說，要是漢斯來這裡，他可能會要我賒點麵粉給他，這我可辦不到。麵粉是麵粉，友情是友情，不能混為一談。你看，這兩個詞寫法不同，意思也完全不一樣。每個人都看得出來。」

「說得好！」磨坊主人的妻子說，替自己斟了一大杯溫麥酒：「我聽得好睏，跟在教堂裡聽布道一樣。」

「做得好的人很多，」磨坊主人回答：「說得好的人卻很少，可見這兩者之間說話困難多了，也高等多了。」他嚴厲的目光望向餐桌那端的小兒子，那孩子感到很羞愧，頭低垂，臉發燙，眼淚一滴滴掉進茶裡。不過，他年紀那麼輕，你們得原諒他。

「故事結束了嗎？」河鼠問。

「當然還沒，」金翅雀回答：「才剛開始呢。」

「那你真是太落伍了，」河鼠說：「如今說故事的高手都是從結局說起，然後講回開頭，最後才提中間。這是一種新手法。我前幾天從某個評論家那聽來的，當時他和一個年輕人正沿著池塘散步。他對這個主題發表了長篇大論，我相信他講的一定沒錯，因為他戴了副藍眼鏡，頭全禿了，每當年輕人想發言，他總是回他：『呸！』不過，請你繼續講下去吧。那個磨坊主人我真是喜歡極了。我自己也擁有各種美好的情感，我們倆很有共鳴。」

「好吧。」金翅雀說，一下用這隻腳跳，一下換另一隻腳跳。

冬天一結束，報春花開始綻放，淡黃色的花心像一顆顆星星，磨坊主人對妻子說他想下山探望小漢斯。

「啊，你心腸真好！」他妻子大喊：「你總是想到他人，別忘了帶那只大籃子去裝花回來。」

於是磨坊主人將風車的葉片用粗鐵鍊綁住，手提著籃子下山去了。

「早安，小漢斯。」磨坊主人說。

「早安！」漢斯說，倚著他的鐵鍬，咧嘴笑著。

「這個冬天你過得如何啊？」磨坊主人問。

漢斯大聲說：「唉，這個嘛，承蒙你好心問候，你真好心。之前的確過得頗困難，但現在春天來啦，我很快樂，我的花兒都開得很好。」

「這個冬天我們常提起你，漢斯，」磨坊主人說：「一直在想你過得好不好。」

「你們人真好，」漢斯說：「我還有點擔心你已經忘了我。」

「漢斯，你說這話真讓我驚訝，」磨坊主人說：「友誼是不會忘記的，這就是友誼了不起的地方，但我想你恐怕不懂生活的詩意。啊，對了，你的報春花真美！」

「它們的確很好看，」漢斯說：「而且今年長了好多，這是最幸運的事。我要把花拿去市集賣給市長的女兒，贖回我的獨輪推車。」

「贖回你的小推車？你該不會已經把它賣了吧！多愚蠢的舉動！」

「唉，老實說，」漢斯說：「我當時走投無路。你知道冬天對我是很艱難的時期，我沒半毛錢可以買麵包。所以我先賣掉禮拜天上教堂穿的大衣的銀鈕釦，隨後賣掉銀鍊子，後來又賣掉大菸斗，最後不得不賣掉小推車。不過現在我要把它們全贖回來了。」

「漢斯，」磨坊主人說：「我要把我的獨輪推車給你。推車不算十分完好；的確有一邊沒了，而且車輪的輻條也有點毛病；不管怎樣，我還是願意送你。我知道我很慷慨，一大票人會認為我送掉它愚蠢至極，但我可不像那些人。我認為慷慨是友誼的本質，再說，我早就買了輛新推車。好，你就放寬心吧。我會把我的小推車給你。」

「噢，你真的、真的好慷慨，」小漢斯說，他逗趣的圓臉上滿溢喜色：「我可以輕輕鬆鬆修好它，因為我家裡有塊木板。」

「一塊木板！」磨坊主人說：「啊，我家穀倉的屋頂正需要這個。屋頂破了個大洞，如果不堵住，穀子都會受潮。幸好你提起它！做好事總會得到好報，真是不可思議。我已經把小推車給你，現在換你把木板給我了。當然，推車比木板值錢得多，但真正的友情絕不會在意這種事。請馬上把木板拿來，我今天就著手修理我的穀倉。」

「當然。」小漢斯大聲說，跑進小屋把木板拖出來。

「這塊木板不是很大，」磨坊主人看著板子說：「我擔心補完屋頂後就沒剩多少能讓你補推車了；不過，這當然不是我的錯。現在，既然我已經把推車送你，相信你願意回報我一些花。籃子在這裡，注意要裝得滿滿的。」

「滿滿的？」小漢斯說，略顯憂愁，因為那籃子實在很大，他知道要是把籃子裝滿，他就沒有花能拿去市集賣了，可是他真的很想贖回銀鈕釦。

「當然囉，」磨坊主人答：「既然我已經給你推車了，和你要些花不為過吧？可能我的想法錯了，但我總認為友誼，真正的友誼，是不帶一點私心的。」

「我親愛的朋友，最好的朋友，」小漢斯大聲說：「我園裡所有的花都歡迎你拿走。我寧願早日得到你的看重，至於贖回我的銀鈕釦，隨時都可以。」說完他跑去摘下所有美麗的報春花，裝滿磨坊主人的籃子。

「再見，小漢斯。」磨坊主人肩上扛著木板，手裡提著籃子上山去了。

「再見。」小漢斯說，又開始滿心歡喜地挖起土。他真的好高興能得到小推車。

隔天他正將金銀花釘在陽台上時，聽見磨坊主人在馬路上呼喚他。於是他跳下梯子，跑過花園，望向牆外。

磨坊主人站在那裡，背上扛著一大袋麵粉。

「親愛的小漢斯，」磨坊主人說：「你願意幫我扛這袋麵粉去市集嗎？」

「喔，真抱歉，」小漢斯說：「但我今天實在很忙。全部的藤蔓都得釘好，所有的花都要澆水，所有的草都得剪平。」

「這樣啊，」磨坊主人說：「我覺得既然我都要送你小推車了，你要是拒絕我就太不夠朋友了。」

「別這麼說，」小漢斯大喊：「無論如何我都不會不講人情。」他便跑進屋裡拿上帽子，肩上扛著那一大袋麵粉，蹣跚地往市集走去。

那是個大熱天，路上塵土飛揚，漢斯還沒走到六英里處就累得不行了，只好停下歇息。不過，他勇敢地繼續走，最後終於抵達市集。在那待了一會兒後，他將那袋麵粉賣了個好價錢，馬上啟程回家，因為他擔心要是耽擱得太晚，途中會遇見強盜。

「今天真是吃力哪，」臨睡前小漢斯對自己說：「不過我很高興我沒拒絕磨坊主人，因為他是我最好的朋友，再說，他會把小推車送給我。」

隔天一大早，磨坊主人便下山來收麵粉的錢，但小漢斯累得還在呼呼大睡。

「說真的，」磨坊主人說：「你實在太懶了。真的，既然我都要送你我的小推車了，我覺得你應該再勤快一些。懶散是一項大罪，我當然不喜歡我的朋友無所事事或偷懶怠惰。你別怪我話說得太直。若非我是你朋友，我自然也不會這麼做。不過要是做人無法實話實說，交朋友還有什麼意思？隨便什麼人都能灌迷湯，討好人，巴結人，可是真正的朋友總是說些不中聽的話，不在乎給人苦頭吃。的確，一個真正真心的朋友寧可這麼做，因為他知道他在做好事。」

「真是抱歉，」小漢斯說，揉著眼脫下睡帽：「但我實在太累了，還想在床上多躺一會兒，聽聽小鳥唱歌。你知道我聽過小鳥兒唱歌後做事總會特別起勁嗎？」

「好，很高興你這麼說，」磨坊主人說，拍拍小漢斯的背：「因為我要你馬上穿好衣服到我的穀倉幫我補屋頂。」

可憐的小漢斯一心想到他的花園裡幹活，因為他已經兩天沒澆水了，可是磨坊主人是他極好的朋友，他不願意拒絕他。

「如果我說我很忙，你會認為我不夠朋友嗎？」他用一種半羞怯、半擔憂的語調問道。

「會啊，」磨坊主人答：「我覺得這個要求並不過分，我都要送你我的小推車了；不過，當然，要是你不答應我就自己動手修。」

小漢斯連忙大叫：「喔！絕對不可以！」他跳下床，穿好衣服，出發前往穀倉。

他在那工作了一整天，直到日暮時分，磨坊主人來查看進度如何。

「小漢斯，你補好屋頂的洞了嗎？」磨坊主人興高采烈地喊。

「全補好了。」小漢斯答，一邊爬下梯子。

「啊！沒有比為別人付出更歡喜的事了！」磨坊主人說。

小漢斯邊坐著邊抹去額頭的汗水，回應道：「聽你說話真是莫大的榮幸，莫大的榮幸。恐怕我永遠不會有像你這般美妙的思想。」

「喔！你會有的，」磨坊主人說：「但你必須再努力一點。現在你只做到友誼的實踐，有朝一日你也會擁有理論的。」

「你真的覺得我會嗎？」小漢斯問。

「我一點都不懷疑。」磨坊主人回答：「但現在你既然已經補好屋頂，最好趕快回家歇息，因為明兒個我要你幫我把綿羊趕上山去。」

可憐的小漢斯什麼都不敢說。隔天一大早，磨坊主人趕著羊群來到小屋旁，漢斯便趕羊上山去了。來回一趟花了他整天的功夫；他一回家便累癱在椅子上倒頭大睡，直到天色大亮他才醒來。

他說：「今天能待在花園裡一定很開心！」便馬上開始幹活。

但他永遠無法好好照顧他的花，因為他的朋友磨坊主人老是跑來麻煩他，派他去很遠的地方跑腿，或是叫他去磨坊幫忙。小漢斯有時非常苦惱，深恐花兒以為他早已忘了它，但他想著磨坊主人是他最好的朋友，用這種想法安慰自己。他總是說：「況且，他還要送我他的小推車呢，這可是十足慷慨的行為。」

小漢斯就這樣不停幫磨坊主人做事，磨坊主人不斷對他講述關於友誼的美好，漢斯將那些話抄在本子上，晚上經常拿出來讀，因為他是個很好學的人。

事情發生在某天晚上，小漢斯正坐在火爐旁，此時傳來響亮的敲門聲。那是個風雨交加的夜晚，狂風在屋子四周怒吼呼嘯，起初他還以為只是暴風。但又傳來第二陣敲門聲，隨後是第三次，比之前更加響亮。

「一定是某個可憐的旅人。」小漢斯對自己說，便起身開門。

門前站著磨坊主人，一隻手提著燈籠，另一隻手拄著拐杖。

「親愛的小漢斯，」磨坊主人大嚷：「大事不妙了。我的小兒子摔下梯子受傷了，我現在要去請醫生。不過醫生住得好遠，今晚天氣又這麼差，我剛剛才想到，要是你能替我跑一趟，那就好多了。你知道我要送你我的小推車，所以你替我辦點事做為報答很公平。」

「當然啦，」小漢斯大聲說：「你跑來找我是看得起我，我馬上動身。可是你得借我你的燈籠，因為晚上太暗了我怕會跌落山溝。」

「真對不起，」磨坊主人回答：「這是我的新燈籠，要是哪裡碰壞了，對我可是個大損失。」

「好，不要緊，我不提也行。」小漢斯大聲說，他取下毛皮大衣，戴上暖和的紅呢帽，在脖子繫了圈圍巾，便出發了。

多可怕的暴風雨啊！夜色漆黑，小漢斯伸手不見五指，狂風大作，他幾乎站都站不穩。可是他相當勇敢，走了大約三小時後，他抵達醫生的家，伸手敲門。

「是誰啊？」醫生從臥房窗口探出頭來，大聲問道。

「醫生，我是小漢斯。」

「小漢斯，你來做什麼？」

「磨坊主人的兒子摔下梯子受傷了，他要你趕快去看看。」

「好！」醫生說，他便叫人備馬，取來靴子，提上燈籠，走下樓，騎著馬往磨坊主人家前進，小漢斯吃力地跟在後頭。

可是暴風雨愈來愈猛烈，雨勢像急流一樣，小漢斯看不清楚來路，也跟不上前方的馬。最後他迷路了，在一處沼澤附近徘徊，那是個很危險的地方，遍布很深的坑洞，就在那兒，可憐的小漢斯淹死了。隔天幾個牧羊人發現，他的屍首浮在一池大水塘上，他們將他的屍體抬回小屋。

大家都參加了小漢斯的葬禮，因為他人緣很好，喪主由磨坊主人擔任。

「既然我是他最好的朋友，」磨坊主人說：「理應由我站在最好的位置。」於是他走在送葬隊伍最前端，身著黑色長斗篷，並三不五時用條大手帕抹眼淚。

葬禮結束後，人們舒服地坐在小旅舍裡，喝著香料酒，吃著甜蛋糕，鐵匠開口說：「小漢斯的死對大夥的確都是一大損失。」

「無論如何對我都是大損失，」磨坊主人回應：「唉，我都快把我的小推車給他了，現在我真不知道拿它怎麼辦。放在我家裡很占空間，而且車子又那麼破爛，就算拿去賣也值不了幾毛錢。我今後一定要小心別再送人東西了。慷慨總是讓人吃虧。」

「所以呢？」過了好一會兒河鼠說。

「所以故事講完啦。」金翅雀說。

「那磨坊主人的結局呢？」河鼠問道。

「噢！說真的我不曉得，」金翅雀回覆：「而且我想我不關心。」

「顯然你的天性裡一點同情心都沒有。」河鼠說。

「恐怕你不太明白這個故事裡的道德教訓。」金翅雀下評語。

「什麼東西？」河鼠尖聲嚷嚷。

「道德教訓。」

「你是說這個故事裡有道德教訓？」

「當然。」金翅雀說。

「好吧，」河鼠氣呼呼地說：「我覺得你開始講之前，就應該先告訴我。要是你事先講了，我肯定不會聽你講故事；老實說，我根本就該像那個評論家一樣說聲：『呸！』不過，我現在補也可以。」於是他用最大的音量喊了聲「呸」，掃了下尾巴，回到洞穴裡。

「你喜不喜歡那隻河鼠？」過了幾分鐘鴨媽媽拍著水浮出水面，她問金翅雀道：「他有很多優點，不過就我而言，我是個當母親的，看見打死不結婚的光棍，我總是眼眶泛淚。」

「我倒比較擔心我得罪了他，」金翅雀答道：「因為我對他講了個有道德教訓的故事。」

「哎喲！這一直是件危險的事。」鴨媽媽說。

我完全認同她的話。

了不起的火箭

國王的兒子要結婚了，舉國歡慶。王子等他的新娘等了整整一年，好不容易她抵達了。她是位俄國公主，坐著六匹馴鹿拉的雪橇一路遠從芬蘭而來。雪橇的造型猶如一隻金色大天鵝，小公主本人就坐在天鵝的羽翼間。她那長長的貂皮斗篷垂到腳際，頭上戴著頂小巧的銀帽，膚色蒼白得如同她一直居住的雪宮。她是如此蒼白，當她的雪橇行經街上的時候，所有百姓都大感驚歎。「她就像一朵白玫瑰！」他們嚷嚷，從陽台上朝公主拋下鮮花。

在城堡大門，王子正等著迎接。王子有雙如夢似幻、紫羅蘭色的眼眸，還有一頭純金般的秀髮。他見公主到來，便單膝下跪，吻她的手。

「你的畫像很美，」他喃喃低語：「但本人比畫像更美麗。」小公主羞紅了臉。

「她先前像朵白玫瑰，可現在是朵紅玫瑰了。」一名年輕的侍從向旁邊的同伴說道，全宮廷的人都很喜悅。

往後三天人人傳頌「白玫瑰，紅玫瑰；紅玫瑰，白玫瑰」，國王便下令將那名侍從的月俸增加一倍。其實他根本沒有月俸，加薪對他來說沒什麼用，不過這被視為莫大的榮耀，並且按慣例在宮廷公報上刊出。

三天過後，婚禮舉行。這是一場富麗堂皇的典禮，新郎與新娘在繡著小珍珠的紫天鵝絨華蓋下攜手進場。隨後舉辦了國宴，長達五個鐘頭。王子和公主坐在大殿首位，用清透的水晶杯喝酒。據傳唯有真心的戀人才能用這個杯子喝酒，要是虛情假意的嘴唇碰到杯子，杯子便馬上變得灰暗無光又混濁。

「顯然他們倆深愛對方，」那名小侍從說：「就像水晶一樣清透！」國王再度下令幫他加薪。

「多大的光榮啊！」朝臣們大聲說。

宴會過後是舞會。新人要一起跳玫瑰之舞，國王答應吹笛子。他笛子吹得很糟，但沒人敢當面告訴他，因為他是國王。事實上他只會兩個調子，而且從來搞不清楚他吹的是哪個；不過這也沒關係，無論他吹什麼，人人一樣高喊：「真棒！真棒！」

最後一個節目是盛大的煙火秀，當天午夜準點施放。小公主這輩子從未見過煙火，所以國王下令，在她婚禮當天皇家煙火師必須出席。

「煙火像什麼樣子？」某天早晨，小公主在露臺散步時這樣問王子。

「它們就像北極光，」國王答，他素來喜歡替別人回覆問題：「只是自然得多。

比起星星，我個人更喜歡煙火，因為你總是知道它們何時會出現，它們就像我吹的笛子那樣討人喜歡。你一定得看看。」在御花園的盡頭已經搭起一座高台，等皇家煙火師一切準備妥當後，煙火們便聊起天來。

「這個世界確實很美，」一支小爆竹喊道：「看看那些黃色的鬱金香。啊！就算它們是真正的煙火，也不會比此刻更好看。我真高興我四處旅行過。旅遊能增廣見聞，除去所有個人的偏見。」

「御花園不是全世界，你這傻爆竹，」一支大型羅馬煙火[8]說：「世界是個廣大無比的地方，要花上三天你才能徹底看遍。」

「任何你愛的地方，對你來說就是全世界。」一枚多愁善感的轉輪煙火[9]激動大喊。她年輕時愛過一只舊松木箱子，常以這段心碎的戀情自豪。「不過愛情已退流行了，詩人們殺了它。他們寫太多愛來愛去的東西，弄得沒人相信，我一點都不驚訝。

8 羅馬煙火（Roman Candle）是一種花筒型煙火，狀似蠟燭，升到空中後會迸發各種顏色的火花。

9 轉輪煙火（Catherine wheel）是一種特效煙火，會在空中旋轉，火花四射，類似風火輪的效果。為了避免不必要的文化聯想，此處以轉輪煙火譯之。

真愛令人痛苦，而且無言。我記得我曾經——算了甭提了。羅曼史[10]是過去式了。」

「胡說！」羅馬煙火說：「羅曼史永遠不死。就像月亮，永遠活著。好比說，新郎和新娘就彼此深深相愛。我今天早上聽說了他們的事，一個棕紙做的花筒說的，他正巧和我擺在同個抽屜，他知道最新的宮內消息。」

但轉輪煙火搖了搖頭，喃喃道：「羅曼史已經死了，羅曼史已經死了，羅曼史已經死了。」有些人認為，假使你將同件事一而再再而三說上許多次，到頭來假的也會成真；她就是那種人。

突然，傳來一聲尖銳的乾咳，大家四顧張望。

聲音來自一個高大、模樣不可一世的火箭煙火，他被綁在一根長杆的頂端。他每次發表高見前都要先咳上幾聲，好吸引注意。

「呃哼！呃哼！」他說，大家專心聽著，只有那可憐的轉輪煙火，還在搖著她的頭喃喃說：「羅曼史已經死了。」

10 羅曼史（romance）是音譯，原指取材自上古或中世紀傳說的小說，這些作品充滿中世紀騎士的神奇事蹟、俠義氣概和風流韻事，後成為一般傳奇小說、戀愛故事的代稱，或指稱某人的戀愛經過。

「肅靜！肅靜！」一個鞭炮大喊。他是個政客型的人物，在地方選舉總是身居要角，所以他曉得如何使用恰當的國會用語。

「死透了。」轉輪煙火悄聲說完便去睡了。

等到周圍全靜下來，火箭便咳了第三聲，開始發言。他的語調非常緩慢，而且清楚，彷彿在口述自己的自傳。他從不和正在交談的人對視。說真的，他擁有最出類拔萃的儀態。

「國王的兒子真是幸運哪！」他說：「他的婚期正好在我要升空燃放的那天！真的，就算這不是事先安排好的，對他來說也不會有更棒的結果了；不過王子們總是很幸運的。」

「唉唷！」小爆竹說：「我的想法完全相反，我以為我們是放來恭賀王子的。」

「對你來說可能是這樣，」他回應：「的確，我相信就是如此，不過對我來說就不同了。我可是一枚很了不起的火箭，出身自很了不起的人家。我的母親是她那年代最富盛名的轉輪煙火，以優雅的舞姿聞名。當她公開登場的時候，她總要旋轉十九次才熄滅；每旋轉一次，她就會向空中拋灑七顆粉紅的彩星。她的直徑有一公尺，用最好的火藥製成。我的父親跟我一樣是枚火箭煙火，有法國血統。他一飛衝天，人們還擔心他不會再下來了。不過，他還是下來了，因為他個性善良，而且他化做一陣金雨光彩奪目地落下。報紙用足拍馬屁的字眼報導他的演出。的確，宮廷公報稱他為炎火藝術的一大成功。」

「煙火，你是說煙火吧，」一枚孟加拉煙火[11]說：「我知道是煙火，因為我看見我罐子上頭寫的字。」

「嗯，我說了是炎火。」火箭用嚴肅的口氣回答，孟加拉煙火覺得自己被欺壓，馬上去欺凌其他小爆竹，以表明自己仍然是重要的人物。

「我是說，」火箭繼續說下去：「我是說——我剛剛說什麼來著？」

「你在講你自己。」羅馬煙火回答。

「沒錯；我知道我正在討論一個有趣的話題，卻被人魯莽打斷。我厭惡一切粗魯無禮的舉動，因為我這人非常敏感。全世界沒人像我這麼敏感，這點我很確定。」

11　孟加拉煙火（Bengal lights）能發出持續顯目的藍色光芒，常做為信號彈使用。

「一個敏感的人是指什麼？」鞭炮問羅馬煙火。

「一個因為自己長雞眼，就老是去踩別人腳趾頭的人。」羅馬煙火低聲回答；鞭炮差點沒笑爆肚皮。

「請問你笑什麼呀？」火箭詢問：「我可沒在笑。」

「我笑是因為我開心。」鞭炮答。

「這理由真自私，」火箭生氣地說：「你有什麼權利開心？你應該為別人想想。老實說，你應該為我想想。我總是想著我自己，我也希望其他人都這麼做。這就叫同情心。這是種美好的品德，我就很具備這種美德。比方說，你想，要是今晚我出了什麼事，對大家會是多大的不幸！王子和公主再也無法幸福快樂，他們的婚姻生活全毀了；至於國王，我知道他一定受不了這種打擊。真的，我一想起自己地位多重要，幾乎感動得流眼淚。」

「如果你想帶給別人歡樂，最好不要掉眼淚弄溼自己。」羅馬煙火大聲說。

「當然，」孟加拉煙火嚷嚷，他現在心情好多了：「這是常識。」

「沒錯，常識！」火箭氣憤地說：「你們忘了我多不尋常、多了不起。哼，不論是誰，只要是沒想像力的人，都能擁有常識。可是我有想像力，我從不會按照事物實際狀況去想事情；我老是從截然不同的方向思考。至於別弄溼自己，顯然這裡沒半個人能欣賞情緒化的天性。幸好我自己倒不介意。能支撐一個人活下去的唯一念頭，唯有意識到自己和他人相比有多麼優越，我平時總一直培養這種感覺。你們全是沒心肝的人。你們只顧著笑，顧著玩鬧，好像剛才王子跟公主根本沒結婚一樣。」

「喔，拜託，」一枚小天燈高喊：「為什麼不行？這可是樁大喜事，當我飛上天際的時候，我打算把一切講給星星聽。等我跟他們講起美麗的公主，你會看見他們一閃一閃眨眼睛。」

「啊！多小家子氣的人生觀！」火箭說：「但卻如我所料。你胸無大志，既空洞又無知。唔，也許王子和公主會住在有河流的鄉間，那是條很深的河，也許他們會有個獨生子，那個小孩跟王子一樣有頭金髮和紫羅蘭色的眼眸；也許某天他會跟褓姆一起出門散步；也許褓姆會在一棵大接骨木下打盹；也許小男孩會掉進深河裡淹死。多恐怖的災難！可憐的人兒，失去唯一的兒子！真是太可怕了！我將永遠無法釋懷。」

「可是他們又沒有失去獨生子，」羅馬煙火說：「根本沒有什麼不幸發生在他們身上。」

「我可沒說他們已經失去獨生子，」火箭回說：「我是說他們可能會。要是他們已經失去了獨生子，還用得著我多講。我討厭那些事後追悔的人。但當我一想到他們可能會失去獨生子，我真的覺得好傷心。」

「你是很傷心！」孟加拉煙火大聲說：「事實上你是我遇過最假惺惺的人[12]。」

「你是我遇過最沒禮貌的人，」火箭說：「你不可能會懂我對王子的友情。」

「噢，你根本就不認識他！」羅馬煙火怒吼。

「我從來沒說過我認識他，」火箭答：「我敢說，要是我認識他，我根本不會當他的朋友。認識自己的朋友，是件非常危險的事。」

「說真的你最好別弄溼自己，」天燈說：「這點最要緊。」

「對你來說是如此，我相信，」火箭答：「但我想哭就哭。」說完他還真的嚎啕大哭起來，淚珠像雨滴般從他的杆子流下來，兩隻小甲蟲打算一起找塊地方做窩，正

12 王爾德在這裡玩文字遊戲，用了二次 affected 這個字。火箭說自己 affected，是指自己情緒因悲傷而激動；孟加拉煙火說火箭 affected，是引該字的另一義：假裝、不自然的，來暗諷火箭。

在尋找一處乾燥的地方住進去，差點沒被他的眼淚淹死。

「他這人實在生性浪漫，」轉輪煙火說：「根本沒什麼好哭的也能哭成這樣。」她長歎一口氣，想起那只松木箱子。

可是羅馬煙火和孟加拉煙火卻頗忿忿不平，不斷用最高的聲量大喊：「鬼扯！鬼扯！」他們很講求實際，只要是他們反對的東西，他們就會說是鬼扯。

月亮像一面銀色的盾牌冉冉升起；繁星開始閃爍，從宮殿裡傳出樂聲。

王子和公主帶頭領舞。

他們跳得真美，高挺的百合花也倚著窗偷看，大朵的紅罌粟也頻頻點頭打節拍。

十點的鐘聲敲響了，接著是十一點鐘，然後是十二點鐘。當午夜最後一聲鐘聲響完，所有人都走到露臺上，國王派人去叫皇家煙火師。

「放煙火吧！」國王宣布。皇家煙火師深深一鞠躬，邁步走向花園的盡頭。他有六個助手，每人手持一根杆子，頂端綁著點燃的火把。

這確實是場盛大壯觀的表演。

咻！咻！轉輪煙火飛走了，一路轉啊轉。轟！轟！羅馬煙火飛走了。接著爆竹們滿場飛舞，孟加拉煙火映得每樣東西紅彤彤。「再見囉！」天燈大喊，隨即扶搖直上，灑下藍色的小火星。砰！砰！鞭炮們出聲響應，他們正玩得不亦樂乎。大家個個都非常成功，只剩了不起的火箭。他哭得全身溼透，根本沒辦法發射。他身上最好的東西就是火藥，但火藥被淚水浸得好溼，已經沒用了。他那些窮親戚們，平時他根本不屑和他們交談，頂多偶爾冷笑一聲，此刻像是美妙的金色花朵，帶著盛放的火焰飛向天際。「嘩！嘩！」宮裡的人高喊；小公主心滿意足地笑了。

「我猜他們要把我留到某個盛大的場合再用，」火箭說：「絕對是這個意思。」他看上去比之前更加不可一世。

隔天，工人們來收拾場地。「顯然這就是代表團了，」火箭說：「我要用適度的尊嚴接見他們。」於是他鼻孔朝天擺出一副得意樣，嚴肅地皺起眉頭，彷彿在思索某個重要的問題。不過他們完全沒住意到他，直到他們要離開時，其中一個人碰巧看見了他。「唉唷！」他喊道：「這麼破爛的火箭！」便把他往牆外一丟，落入溝渠。

「爛火箭？爛火箭？」他在空中翻滾越過牆頭時自言自語：「不可能！那個人說的是：棒火箭。『爛』和『棒』聽起來簡直沒兩樣，沒錯他們常常是一樣的。」說完他便跌進爛泥裡。

「這裡不太舒服，」他說：「不過一定是某種時尚的水療池，他們送我來這休養好恢復健康。我的神經確實非常衰弱，我需要休息。」

隨後，一隻小青蛙朝他游來，他有雙像嵌了寶石的亮眼睛，披了件斑斑點點的綠大衣。

「哦，新來的！」青蛙說：「也是，畢竟沒有比爛泥巴更棒的東西。只要給我下雨天和一條水溝，我就很幸福了。你看下午會下雨嗎？我真希望如此，可是天空很藍，也沒雲。真可惜！」

「咳！咳！」火箭說，開始咳起嗽來。

「你的聲音真讓人喜歡！」青蛙大聲說：「真像青蛙的嘓嘓聲。說到青蛙叫，當然是全世界最悅耳的音樂。你今晚就會聽到我們歡樂的合唱。我們待在農舍旁的舊鴨塘，月亮一升起我們就開始表演。歌聲真的很迷人，人人都醒著聽我們唱歌。老實說，就在昨天我還聽到農夫太太對她母親說，就是因為我們，她夜裡連闔眼瞇一會兒都沒辦法。發現自己這麼受歡迎，真是讓人心滿意足。」

「咳！咳！」火箭氣沖沖地說。連一句話都插不進去讓他很火大。

「確實是讓人喜歡的聲音，」青蛙接著說：「我希望你能來鴨塘看看。我要去找我女兒了。我有六個漂亮的女兒，我好擔心她們會碰上狗魚[13]。他活生生是個怪物，會毫不遲疑拿我女兒當早餐。好吧，再見，我跟你說，我們的談話真讓我高興。」

「是喔，談話！」火箭說：「完全都你一個人在講話。這可不叫談話。」

「總得有人聽嘛！」青蛙說：「我喜歡自己負責講話的部分，比較省時間，而且避免吵架。」

「可我喜歡吵架。」火箭說。

「我不喜歡，」青蛙洋洋得意地說：「吵架太粗俗了，因為在良善的社會裡，人人都抱持完全一致的意見。再次說再見囉；我看到女兒們在那邊。」小青蛙游走了。

「你真是個惹人厭的傢伙，」火箭說：「而且沒教養。我最恨你這種人，某人想聊聊自個兒，就像我，偏偏有些人老扯自己，就像你。這就是我所謂的自私，自私是

13 狗魚（pike）是一種性情好鬥、凶猛的淡水魚類，身體細長尾短，吻部長而扁平似鴨嘴，鋒利的上顎齒能伸出來勾住獵物。

最可恨的事，對我這種性情的人來說尤其如此，因為我以同情心聞名。事實上，你應該以我做榜樣，你不可能找到更好的楷模了。既然你現在有機會，最好善加利用，因為我差不多馬上就要回到宮裡。我在宮裡很得寵，事實上王子和公主昨天結婚就是為了向我致敬。當然，這些事你啥都不知道，因為你是個鄉巴佬。」

「跟他講話沒啥好處，」一隻蜻蜓說，他正停在一株碩大的棕色菖蒲頂端：「半點好處都沒，因為他早就走遠了。」

「那是他的損失，不是我的，」火箭答：「我不會單純因為他不理我，就不跟他講下去。我喜歡聽自己講話，這是我莫大的樂趣。我經常和自己聊很久的天，我實在太聰明，有時甚至連我說的單字都不懂。」

「那你真該去講授哲學。」蜻蜓說，然後展開一對可愛的紗翼朝天空飛去。

「他不留在這兒真蠢！」火箭說：「我相信他不常有這種提升心智的機會。不過我一點都不在乎。像我這樣的天才肯定有朝一日會受人賞識。」說著他往爛泥裡又陷得更深了些。

過了一會兒，一隻大白鴨朝他游來。她有對黃色的腿和一雙帶蹼的足，而且由於她走路左搖右擺，大夥兒都視她為大美人。

「呱！呱！呱！」她說：「你的樣子真古怪！我想請問你是生下來就這樣，還是後天出意外造成的？」

「顯然你一直住在鄉下，」火箭答：「否則你就會知道我是誰。不過，我原諒你的無知。期望別人跟自己一樣了不起，未免不公平。等你聽說我能飛上天際再灑下一陣金雨落下，你絕對會大吃一驚。」

「我不覺得這有什麼，」鴨子說：「因為我看不出這對其他人有什麼用處。是說要是你能像牛一樣犁田，像馬一樣拉車，或像牧羊犬一樣顧羊，那才叫厲害。」

「我的好太太啊，」火箭用非常傲慢的語調高喊：「我現在明白你屬於低下階層了。我這等身分的人從不會有實際用處。我們有些成就，這就足夠了。我個人對任何一種勤勉都沒好感，對你剛才好像在稱讚的那種勤勉更沒好感。確實，我一直認為做苦工只不過是那些沒事可做的人逃避的方式。」

「好吧，好吧，」鴨子說，她素來性情平和，從不和人爭辯：「各人喜好不同。我想，無論如何，你要在這住下來吧？」

「噢！才不會，」火箭大喊：「我只是客人，一位尊貴的客人。事實上我覺得這地方有點乏味。既沒有社區，又不能隱居。說穿了，根本就是郊外。我可能還是要回宮裡，因為我知道我命中注定要轟動世界。」

「我曾經也有過服務大眾的想法，」鴨子說：「很多事物需要改革。的確，前不久我當過一場會議的主席，我們通過決議譴責一切我們不喜歡的事。不過，那些決議好像沒多大效果。如今我從事家務，照顧家人。」

「我天生就是公眾人物，」火箭說：「我的親戚也是，即使是當中最不起眼的，只要我們一出場，就會激起眾人注意。其實我自己都還沒出場呢，不過當我出場，準會是壯觀的場面。至於家務嘛，會讓人老得快，無心追求更崇高的事物。」

「啊，人生更崇高的事物，多美好啊！」鴨子說：「這倒提醒了我有多餓。」於是她朝下游泅遠了，一邊叫著：「呱！呱！呱！」

「回來！回來！」火箭尖聲喊：「我有很多話想對你說呢。」但鴨子沒理他。

「我很高興她走了，」他對自己說：「她的心智實在太平庸。」他往爛泥裡又陷得更深了些，開始思索天才的寂寞。此時忽然有兩個穿白色工作服的小男孩，提著水壺，抱著幾捆柴跑到溝邊。

「這一定是代表團了。」火箭說，努力表現出高貴的樣子。

「唉唷！」其中一個男孩高喊：「你看這根舊棍子，不知道怎麼會跑到這來。」

他把火箭從溝裡拾起。

「舊棍子！」火箭說：「不可能！那個人說的是：金棍子！稱我為金棍子真是中聽。事實上，他一定把我錯認成宮裡的顯貴了！」

「我們把它放進火裡吧！」另一個男孩說：「可以幫忙把水燒開！」

於是他們把柴堆在一起，把火箭放在最上頭，燃起火。

「這可不得了！」火箭喊：「他們要在大白天將我點燃，好讓人人都能瞧見！」

「我們去睡會兒吧，」他們說：「我們醒來水就燒開了。」男孩便在草地上躺下來，闔上眼睛。

火箭很潮溼，所以花了好一陣子才點燃。最後，他終於著火了。

「現在我要起飛了！」他大叫，將身體豎得直挺挺硬梆梆：「我知道我會飛得高過星星，高過月亮，高過太陽。事實上，我會飛得高過……」

嘶！嘶！嘶！他筆直地升上天空。

「真高興！」他大喊：「我要一直這樣飛下去。我多麼成功啊！」

可是沒人瞧見。

這時他全身開始感到一股奇怪的刺痛。

「現在我要爆炸了！」他大喊：「我要點燃全世界，用浩大的聲勢讓接下來一整年沒人會談論別的事情。」他的確爆炸了。砰！砰！砰！火藥爆了。毫無疑問。

可是沒人聽見。連那兩個小男孩也沒有。他們睡熟了。

於是他全身只剩下棍子，掉落在一隻在溝邊散步的鵝的背上。

「老天爺啊，」鵝大叫：「要下棍子雨啦！」說完她便急忙跳進水中。

「我就知道我會大出風頭。」火箭喘著氣，熄滅了。

Part II

石榴屋

少年國王

在加冕典禮的前一天晚上，少年國王獨自坐在他華美的寢殿裡。朝臣們早已紛紛告退，按當時的禮節低下頭去，退到王宮的大廳裡，接受禮儀教授的最後幾堂課；他們中有些人的舉止仍然很粗率，就朝臣而言，用不著說，這可是非常嚴重的冒犯呢。

小伙子——因為他只是個小伙子，年方十六歲——對於他們的退去毫不在意。他靠在繡花榻的軟墊上，長長地舒了一口氣，躺倒下去，雙眼圓睜，嘴巴張開，就像一位褐色的林野牧神，或是一隻剛被獵人捕獲的森林小獸似的。

而且，事有湊巧。確實是獵人們偶然間發現他的，而且幾乎全憑運氣。當時他正光著腳，手裡拿著根笛子，跟在養大他的那個牧羊人的羊群後面，而他也一直把自己當作是那個窮牧羊人的兒子。這孩子的母親其實是老國王的獨生女，她和一個身分低微的神祕男子私定了終身——有人說，那人是個外地人，他用美妙的魯特琴琴聲，令年輕的公主鍾情於他；也有人說，他是位來自義大利里米尼的藝術家，公主對他很是器重，看來是器重得過了頭。後來他突然從城裡消失，留下了還未完成的作品在主教座堂裡——那時孩子才出生了一星期，就被人偷偷從他熟睡的母親身邊抱走，交給一對普通農民夫婦養育。他們沒有自己的孩子，住在森林深處，從城裡要騎上一天的馬才能到達那裡。不知是悲傷過度，或如同宮廷御醫宣稱的急症，還是像謠傳所說的，有人在一杯調味酒裡混入某種義大利的劇毒，總之，賦予嬰兒生命的白皙女孩，在醒來後的一個鐘頭裡就被奪去了生命。就在一位忠誠僕役把嬰孩放在鞍頭上，從疲憊的馬背上彎下腰，敲響了牧羊人小屋簡陋的門的同時，公主的屍身被下葬到一個敞開的墳墓中，這個墓穴就挖在城門外一處荒涼的教堂墓地裡。據說墓穴裡還躺著另一具屍體，是一位俊美的外地年輕人，他的雙手被打了結的繩子反綁在身後，胸前還被刺了許多道血紅的傷口。

至少，這就是人們私下流傳的故事。然而最能令人確信的，無非是老國王在臨終之時，出於追悔自己曾犯下的深重罪孽，或僅僅出於不願自己的王國落入外人手中，於是派人去尋回那個少年，並當著文武百官的面，宣布他為自己的繼位人。

少年似乎從被宣布為王儲的那一刻起，就表現出對美麗之物的強烈熱情，這也注定了對他此生帶來巨大的影響。那些在寢宮裡專門侍候他的僕人經常說起，在他看見那些為他準備的華服和珍寶時，竟然興奮地大叫起來，立刻欣喜若狂地脫掉身上粗糙的皮革長袍和破舊的羊皮斗篷。有時候，儘管他也確實懷念那段生活在森林裡的自由自在，也對宮廷裡總是占去一天多數時間的繁文縟節感到厭煩，但畢竟這是座富麗堂皇的宮殿——人們稱作「無憂宮」——如今他成了它的主人，這一切對他來說，簡直像是一個專為取悅他而建造的新世界；但凡他有機會從議會廳或接見室裡溜出來，便會沿著那兩邊立著鍍金銅獅、用花崗岩鋪成的華麗台階跑下去，再從一個房間轉到另一個房間，又從一條廊道繞到另一條廊道，就像是渴望在美中尋找止痛劑，從疾病中獲得痊癒的良藥似的。

這種新發現之旅——，這是他對此的稱法——對他來說，真猶如在神境中漫遊一般。有時，他還會帶上幾個金髮、挺拔的宮廷侍從，他們身披輕揚的披風，繫著豔麗的緞帶；但更多時候，他常常是一個人，感受幾乎如天啟般的、某種乍現的直覺——藝術的奧祕只可在隱密中領會。美，亦如智慧，鍾情於孤獨的崇拜者。

這段時間裡，坊間流傳著許多關於他的奇聞軼事。據說，一位大腹便便的市長代表城鎮市民發表了一場堂皇的演說，聲稱看過這位少年跪在一幅剛從威尼斯運來的、似乎是宣揚對某些新神崇拜的巨畫之前，因崇敬而五體投地。還有一次，少年失蹤了好幾個小時，人們折騰地搜索了好一番後，在宮殿北邊角樓一個小房間裡找到了他，他正凝望著一塊刻有美男子阿多尼斯肖像的希臘寶石發呆。有人還傳言親眼看見他用自己溫熱的嘴唇，親吻一尊古羅馬大理石雕像的前額，這雕像是人們修建石橋時在河床上發現的，像上還刻著羅馬皇帝哈德良的比提尼亞[14]籍奴隸的名字。甚至，他還曾一整晚觀察月光照在恩底彌翁[15]銀像上的效果。

毫無疑問，所有稀有和昂貴的物品對他來說，都具有強大的吸引力，激起他擁有它們的強烈欲望。為了蒐羅這些東西，他派出許多商隊，有的被派往北海，去向那裡粗野的漁民購買琥珀；有的被派往埃及，尋找只在法老墓中才能找到的綠松石，據說它們具有非凡的魔力；有的到波斯，購買絲絨地毯和彩陶；其他人則到印度購買薄紗和彩繪象牙、月光石和翡翠手鐲、檀香木、藍色琺瑯和毛織披肩。

然而，最令他在意的還是他在加冕典禮上需要的由金絲線織成的長袍、鑲嵌紅寶石的王冠，以及掛著長串珍珠的權杖。事實上，這天晚上，當他躺在豪華的沙發上，

14 比提尼亞（Bithynia），古地名，位於今土耳其安那托利亞地區西北部。

15 恩底彌翁（Endymion），希臘神話中的牧羊美少年。

盯著敞開壁爐裡的一塊大松木燃燒殆盡時，他心中所想就是這些。它們全是由當時最著名的藝術家所設計，幾個月前就已呈給他過目，他也下令工匠們日以繼夜地趕製出來，還派人到世界各地尋找配得上他們手藝的珠寶。想著想著，他彷彿看見自己已身著華麗無比的王袍，站在主教座堂裡高高的祭壇上。他那孩子氣的嘴唇浮現了一抹微笑，那雙黑森林般的眼珠也閃爍起一絲明亮的光彩。

過了一會兒，他站起身來，倚在壁爐頂部的雕花庇檐上，環視四周燈光昏暗的房間。牆面上掛著華麗的大型掛毯，描繪的是《美之凱旋》[16]。角落裡立著一座鑲嵌著瑪瑙和青金石的大衣櫃，面向窗戶的是一個精心製作的陳列櫃，櫃子的格層塗了金粉並鑲嵌了金飾，檯面上放著一些精緻的威尼斯玻璃高腳杯，還有一個黑紋大瑪瑙杯。床上的絲綢被單上繡著淺色的罌粟花，它們就像是從睡神的倦手中灑落下來的。刻有條形凹槽的高大象牙柱撐起天鵝絨的床罩，上面有一大簇鴕鳥羽毛宛如白色泡沫般冒出，一路向上延伸到以回紋裝飾的銀白色天花板。美男子納希瑟斯的青銅雕像，笑盈

16《美之凱旋》（*Triumph of Beauty*）是十七世紀的假面劇，作者是詹姆斯．雪利（James Shirley），此作深受莎士比亞的《仲夏夜之夢》影響。

盈地用雙手將一面光亮的鏡子高高舉起。桌上則放著一只紫水晶的淺口大碗。

窗外，他可以看見主教座堂的巨大圓頂，朦朦朧朧的，像一團氣泡似地罩在陰暗的屋宇之上。無精打采的哨兵們在薄霧籠罩的水邊露台上來回踱步。遠處一處果園裡傳來夜鶯的歌聲，一縷淺淡的茉莉花香從敞開的窗戶飄了進來。他撥了撥自己前額上的棕色鬈髮，接著拿起一把魯特琴，信手在琴弦上撥動著。漸漸的，他沉重的眼皮垂了下來，一股莫名的倦意襲上身。在此以前，他從未如此強烈和愉悅地感受到美麗之物的神祕與魔力。

當鐘樓傳來午夜鐘聲，他按了按召喚鈴，僕從們便進來，按照規矩有條不紊亂地為他脫去袍子，在他手裡倒了些玫瑰水，並在他的枕頭上撒上鮮花。待他們退出房間後不久，他便沉沉睡去了。

睡著了以後，他作了一個夢，這便是他的夢。

他以為自己正站在一間狹長又低矮的閣樓裡，置身於四周許多架織布機傳來的轟鳴聲中。微弱的日光透過格柵的窗戶照了進來，使他能看見那些俯身在織機台上工作的紡織工們憔悴的身影。巨大的橫樑上蹲著一個個臉色蒼白、帶著病容的孩子。梭子飛快地穿過經線時，他們舉起沉重的筘板，讓經線通過筘齒；梭子一停下來，他們就放下筘板，把緯線壓在一起。他們個個面黃肌瘦，一雙雙瘦骨嶙峋的手不停顫抖。一些形容枯槁的婦女圍著一張桌子做縫紉活。這個地方瀰漫著一股刺鼻的氣味。空氣既汙濁又沉悶，牆壁上也因漏水而溼漉漉的。

少年國王走到其中一位織工跟前，站在一旁看著他工作。

織工開始發怒，瞪視著他，說：「你為什麼盯著我看？你就是主人派來監視我們幹活的探子吧？」

「誰是你們的主人？」少年國王問道。

「我們的主人！」織工痛苦地大聲說：「他和我一樣都是人。確確實實我們之間就只有這一點點區別——他身穿華服，而我卻衣衫襤褸；而當我餓得前胸貼後背，他卻腹撐得難受。」

「這是一個自由的國度，」少年國王說：「你並不是任何人的奴隸。」

「在打仗的時候，」織工回答說：「強者逼迫弱者變成奴隸，在和平的時候，富人逼迫窮人變成奴隸。為了餬口，我們必須幹活，可是他們給的工資少得可憐，讓人簡直活不了。我們整天給他們做苦工，他們的箱子裡卻堆滿了黃金，我們的兒女還未長大就夭折了，我們所愛那些人的面孔也變得尖酸刻薄，令人生厭。我們榨葡萄汁，卻讓別人品嚐美酒。我們種出莊稼，卻不能端上自己的飯桌。我們確實都戴著鎖鏈，儘管肉眼看不見；我們都是奴隸，雖然人們說我們是自由的。」

「所有的人都是這樣嗎？」少年國王問。

「所有人都是這樣，」織工回答說：「不論是年輕人和老人，女人和男人，小孩還是飽受歲月折磨的人。商人壓榨我們，我們還得聽從他們。牧師騎馬從我們身邊經過，對著念珠念念有詞，卻沒有誰理會我們。貧窮張著她飢渴的眼神悄悄爬行過我們這沒有陽光的小巷，而罪惡則帶著他溼漉漉的臉孔緊隨在她身後。在早晨，將我們喚醒的是痛苦，在夜裡，伴我們入睡的是恥辱。不過這些與你有什麼相干呢？你又不是和我們一夥的人。你這張臉看起來太幸福了。」說完，織工滿臉不快地轉過身去，把梭子投過織布機，少年國王看見梭子上繫的是一根金線。

他心裡大吃一驚，趕緊問織工：「你織的這是什麼袍子？」

「這是小國王加冕時要穿的袍子，」他回答道：「你問這個做什麼？」

少年國王大叫一聲，便醒了過來。哎呀，原來他是在自己的房間裡，透過窗戶他看見昏黃的大月亮掛在朦朧的夜空中。

他又睡著了，又作了一個夢，他的夢是這樣的。

他躺在一艘大帆船的甲板上，有一百個奴隸正在為這艘船划著槳，船長就坐在他身邊的地毯上。這人黑得堪比烏木，包著一條紅色絲綢的頭巾，厚厚的耳垂上垂著一對碩大的銀耳環，手裡拿著象牙製的秤。

奴隸們除了裹著一塊破爛的腰布，全身赤裸。每個人都和旁邊的人鎖在一起。驕陽炙熱地照在他們身上，黑人們在過道上跑來跑去，用皮鞭抽打他們。他們伸出乾瘦的臂膀扳動沉重的槳，讓槳在水中划動。鹹鹹的海水從槳上飛濺起來。

最後他們來到一個小小的海灣，開始測量水深。從岸上吹來一陣微風，為甲板和三角大帆蒙上一層細細的紅沙。三個阿拉伯人騎著野毛驢趕近，朝他們投擲長矛。船長拉開一把漆了顏色的弓，一箭射中他們當中一個人的喉嚨。他沉沉地跌進岸邊的海浪，那兩個同伴見狀落荒而逃。一位裹著黃色面紗的女人騎著駱駝緩慢地跟在後面，還不時回頭看看那具死屍。

黑人們拋了錨，把帆降下，跑進艙底，搬來一架長長的繩梯，梯下綁著沉重的鉛錘。船長把繩梯從船的一側扔進海裡，又把梯的兩端栓在兩根鐵柱上。接著黑人們抓住一個年紀最小的奴隸，砸開他的腳鐐，往他的鼻孔和耳朵裡灌些蠟，又在他的腰上縛了一塊大石頭。他疲倦地爬下繩梯子，隱沒到海水裡。在他下沉的地方，水面上浮起幾個氣泡。還有幾個奴隸在一旁好奇地張望著。在船頭上坐著一個驅趕鯊魚的人，單調地敲擊著鼓。

過了一會兒，潛水的人從水裡冒了上來。他喘著粗氣攀梯而上，右手拿著一顆珍珠。黑人們一把從他手中搶過珍珠，又把他拋進海裡。奴隸們已靠在槳上睡著了。

他又上來好幾次，每次都帶回一顆美麗的珍珠。船長把珍珠秤了秤重量，然後把它們裝進一口綠皮革的小袋子裡。

少年國王想說點什麼，可是這時他的舌頭好像黏在上頜，嘴唇也動彈不了。黑人們喋喋不休，開始為一串亮晶晶的珠子爭吵起來。兩隻白鶴圍繞著帆船飛來飛去。

然後，潛水的人最後一次浮出水面，這次他帶回來的珍珠比奧瑪茲島[17]的所有珍珠都要美麗，因為它圓得的像一輪滿月，比晨星還要潔白。不過這時他的臉色卻出奇地蒼白，當他一頭倒在甲板上時，鮮血不斷從他的耳朵和鼻孔裡冒出。他顫抖了一下，就再也動彈不了。黑人們聳了聳肩，把他的屍體扔進大海裡。

船長笑了笑，伸出手接過那顆珍珠，看了看它，把它按在自己的前額上，俯身鞠躬，說：「這將是用來裝飾小國王的權杖的。」說完，他打個手勢示意黑人起錨。

少年國王聽見這話，大叫一聲，就醒了。透過窗戶，他看見黎明灰色的長指正逐一摘取滅盡的星光。

接著，他又睡著了，再次進入了夢鄉。這是他的夢。

他以為自己正在一片昏暗的樹林中漫步，樹上掛著奇異的水果和美麗的毒花。在他經過的地方，毒蛇向他嘶嘶叫著，羽毛豔麗的鸚鵡尖叫著從一根樹枝飛到另一根樹

17 奧瑪茲島（Ormuz），伊朗的一個貧瘠小島，位於波斯灣和奧瑪茲灣之間。

枝。大烏龜在熱泥潭裡呼呼大睡。樹上到處都是猴子和孔雀。

他繼續向前走著，一直來到樹林的邊緣，在那裡，他看到一大群人在一條乾涸的河床裡做著苦役。有的人像螞蟻般成群擠在峭壁上；有的人在地上挖了些深坑，然後鑽進坑裡去；另一些人拿著大斧頭在劈岩石；其他人則在沙子裡掏摸著。

他們連根拔起仙人掌，又踐踏猩紅色的花朵。他們匆匆忙忙，彼此叫嚷著，沒有一個人閒著。

死神和貪婪之神躲在洞穴的陰暗處盯視著他們，死神開口說：「我已經等得不耐煩了；把他們中的三分之一交給我，我就離開。」但是貪婪之神卻搖了搖頭。「他們是我的僕人。」她回答。

死神對她說：「你手裡拿的是什麼？」

「我有三粒穀子，」她回答道：「這跟你有什麼相干？」

「給我一粒，」死神大聲說：「種在我的花園裡；只要一粒，我就會離開。」

「我半粒也不會給你的。」說完，貪婪之神就把手藏在自己衣服的褶皺裡。

死神笑了，他拿出一個杯子，把它浸到水池裡。等杯子拿出來時，裡面已生出了瘧疾。瘧疾從人群中走過，三分之一的人便倒下死了。瘧疾的身後起了一陣寒氣，水蛇在她身邊蜂擁狂竄。

當看見人死了三分之一，貪婪之神搥胸痛哭。她捶著自己乾癟的胸脯，哭嚎著。「你殺死了我三分之一的僕人，」她喊道：「滾吧。韃靼人的山上正有戰爭，雙方的國王都在喚你前去。阿富汗人殺了黑牛，正開往戰場。他們用長矛敲擊自己的盾牌，還戴上了鐵盔。我這山谷跟你有什麼相干，你為什麼留在這兒不走？滾，別再到這兒來了。」

「不，」死神回答：「你不給我一粒穀子，我就不走。」

但貪婪之神捏緊了手，咬得牙關直響。「我什麼也不會給你的。」她喃喃地說。

死神又笑了笑，接著從地上撿起一塊黑色石頭，把它朝樹林裡扔了進去。這時，從野生鐵杉叢中走出了身穿火焰長袍的熱病。她走進了人群裡，摸了摸他們，凡被她摸過的人都倒下死了。她腳踏過的草地，草也跟著枯萎了。

貪婪之神顫抖起來，把灰撒在自己頭上。「你可真狠呀，」她喊道：「太狠心了。在印度好些城寨裡正鬧著飢荒，撒馬爾罕的蓄水池也乾了。埃及也有不少城市出了旱災，蝗蟲從沙漠飛來了。尼羅河水沒有溢過河岸，祭司們埋怨起伊西斯和奧西里斯。快到那些需要你的人那裡去吧，放過我的僕人。」

「不，」死神回答：「你不給我一粒穀子，我就不走。」

「我什麼也不會給你的。」貪婪之神說。

死神又笑了，他把手指放在嘴邊吹出了響哨，只見一個女人從空中飛來。她的額頭上印著「瘟疫」兩個字，一群禿鷹在她周圍盤旋。她用翅膀罩住整個山谷，沒有一個人能逃脫她的魔掌。

貪婪之神尖叫著穿過樹林逃走了，死神也跳上他的紅馬飛馳而去，他的馬跑得比風還快。

山谷底的爛泥中爬出許多惡龍和有鱗的怪物，一群胡狼在沙地上跑著，仰起鼻孔大口吸著空氣。

少年國王哭了，問：「這些人是誰？他們在找什麼東西？」

「在找國王王冠上要嵌的紅寶石。」站在他身後的一個人回答。

少年國王吃了一驚，他轉過身來，看見一個朝聖者打扮的人，他的手裡捧著一面銀鏡。

他的臉色發白，問：「哪一個國王？」

朝聖者回答說：「看看這面鏡子，你就會看見他。」

他朝鏡子看去，卻看見了自己的臉孔，他大叫一聲，便醒了過來。這時燦爛的陽光灑進房間來，窗外，皇家庭院裡的樹木，有歡樂的鳥兒正唱著歌。

御前大臣和文武官員進來向他行禮，侍從們為他捧來金絲織的長袍，還把王冠和權杖放在他面前。

少年國王望著它們，它們精美絕倫，比他以前看見過的任何東西都美得多。可是他還記得自己的夢，便對他的大臣們說：「拿開這些東西吧，我不會穿戴它們的。」

大臣們全都大吃一驚，有些人還笑了出來，因為他們還以為他是在開玩笑。

可是他卻嚴厲地對他們說：「把這些東西都拿開，不要讓我看見它們。雖然今天是我加冕的日子，可我不會穿戴它們。因為我這件長袍是在悲傷的織機上，用痛苦又蒼白的手織出來的。紅寶石的心染上了鮮血，珍珠的心有死亡的陰影。」他把他的三個夢都對他們說了。

大臣們聽完他的三個夢以後，面面相覷，交頭接耳地說：「他一定是瘋了；夢不就是夢，幻覺不就是幻覺嗎？它們都不是真的，不是人們應該在意的東西。再說那些為我們賣力之人的性命和我們有什麼相干？難道一個人沒有見過撒種的人，就不應該吃麵包？沒有和種葡萄的人說話，就不應該飲酒了？」

御前大臣對少年國王進言：「陛下，懇求您將這些陰暗的念頭拋開，穿上這件漂亮的袍子，戴起這頂王冠吧。要是您沒有王袍在身，百姓怎麼知道您是國王呢？」

少年國王望著他。「真的是這樣嗎？」他問道：「要是我沒穿上王袍，他們就認不出我是國王嗎？」

「他們會認不出您的，陛下。」御前大臣肯定地說。

「我原來還以為真有生來具帝王之相的人，」少年國王回答：「可是也許就像你說的那樣。不過我還是不會穿這身袍子，也不會戴上這頂王冠，我進來這王宮時是什麼裝扮，就會以什麼裝扮走出去。」

他吩咐他們全都退出去，只留下一個侍從陪伴，一個比他小一歲的小伙子。少年國王留下這孩子伺候他，他在清水裡洗了澡，打開了一個上漆的大箱子，從裡面拿出他在山坡上給牧羊人看羊時穿過的粗皮袍子和破舊的羊皮斗篷。他穿上它們，手裡又拿起那根粗大的手杖。

小侍從驚奇地睜著一雙藍色的大眼睛，含笑著對他說：「陛下，我看見了您的王袍和權杖，可是您的王冠在哪裡呢？」

少年國王隨手從攀過露台的野荊棘上折下一枝，把它折彎，圍成一個圓環，戴在自己的頭上。

「這就是我的王冠。」他回答。

他這樣打扮好以後，走出自己房間，走進大殿，達官權貴們正在那裡等候著他。

權貴們感到啼笑皆非，有的向他喊道：「我親愛的陛下，百姓們等著要見他們的國王，而您卻讓他們看見一個乞丐。」另一些人則怒氣沖沖地說：「他是在丟我們國家的臉面，不配當我們的主子。」但是，他對他們一言不發，只是朝前走去，走下明亮的斑岩石階，出了青銅大門，騎上自己的座騎，朝著主教座堂走去，小侍從就跟在他身邊跑著。

百姓們笑了，他們說：「看哪，國王的弄臣騎馬過來了。」他們一路嘲笑他。

他勒住轡繩說：「不，我就是國王。」於是他把自己的三個夢對他們說了。

這時人群中走出來一個人，苦澀地對他說：「陛下，您難道不知窮人的生活正是從富人的奢侈中得來的嗎？我們就是仰仗了您的闊綽來活命的，您的惡習給我們麵包吃。給一個嚴厲的主人幹活固然辛苦，可是找不到一個要我們幹活的主人更苦。您以為有烏鴉能養活我們嗎？您對這些又有什麼補救的良方？您會對買東西的人說『你得出這麼多錢買下』，又對賣東西的人說『你得照這樣的價錢賣出』嗎？我可不相信。所以，您還是回到您的王宮，穿上您的細軟紫袍。您與我們和我們的痛苦又有什麼相干呢？」

「富人和窮人難道不也是兄弟嗎？」少年國王問。

「沒錯，」那人回答：「這位有錢的兄弟就叫『該隱』[18]。」

聽了這話，少年國王的眼裡噙了淚水。他騎著馬在人們的嘟囔聲中緩緩前行，小

18 在《聖經》中，該隱殺害了弟弟。

侍從開始感到害怕，因此躲開了去。

當少年國王來到主教座堂的大門時，士兵們伸出他們的戟說：「你在這裡瞎闖什麼？除了國王，這道門禁止任何人通過。」

少年國王氣紅了臉，對他們說：「我就是國王。」然後揮開士兵的戟走了進去。

當老主教看見他穿著一身牧羊人的衣服走進來時，驚訝地從寶座上站起身來，走上前去迎接他，對他說：「我的孩子，這是國王的服飾嗎？那麼我該拿什麼樣的王冠為你加冕，拿什麼樣的權杖放在你手中呢？今天對你來說應該是一個最開心的日子，而不是一個屈辱的日子呀。」

「難道我的快樂應該要拿愁苦來裝門面嗎？」少年國王說。接著他又把自己的三個夢告訴了老主教。

當主教聽完了他的夢，便皺起眉頭說：「孩子，我是一個老人，已經來到我生命的暮年，我曉得在這個廣闊的世界上發生了許多罪惡的事情。凶狠的土匪從山上跑下來，綁走一些小孩，賣給摩爾人。獅子埋伏等候商隊走過，準備撲咬駱駝。野豬把山谷中的莊稼連根拔起，狐狸啃咬山上的葡萄藤。海盜在海岸興風作浪，燒毀漁民的船隻，搶走他們的漁網。痲瘋病人住在鹽沼裡；他們用蘆葦稈子搭起房屋，沒有人願意走近他們。乞丐們流落在街邊，和狗一同爭搶食物。你能夠叫這些事情不發生嗎？你願意和痲瘋病人同床睡眠，讓乞丐坐在你的飯桌上吃飯嗎？難道你能叫獅子聽從你的吩咐，野豬遵從你的命令嗎？難道那位造出苦難的上帝不比你聰明得多嗎？因此，我不會為你所做的事而稱讚你，而是要求你騎馬回到自己的王宮，臉上要露出快樂的笑容，穿上符合國王身分的衣服。我要用金王冠來為你加冕，把嵌滿珍珠的權杖放到你的手中。至於你的那些夢，就別再想它們了。現世的擔子太重，不是一個人可以承擔的；人間的愁苦太大，不是一顆心可以忍受的。」

「站在這個地方，您能說的就只是這些嗎？」少年國王說。他大步從主教的身旁走過，登上祭壇的台階，站到了基督的像前。

他站在基督像前，在他的左右手邊分別有著絢爛的金盆、盛黃酒的聖餐杯和裝聖油的小瓶。他跪在基督像前，巨大的蠟燭在綴滿寶石的聖壇旁燃燒得十分明亮，燃香的煙霧盤成一圈圈藍色花環，飄向穹頂。當他低下頭去祈禱時，那些穿著厚重長袍的祭司們紛紛從祭壇上走了下來。

突然從外面的街道上傳來一陣喧嘩聲，一群頭戴羽纓的貴族們衝了進來，他們手中拿著出鞘的劍和鋥亮的鋼盾。「那個作夢的人在哪裡？」他們喊叫著：「那個打扮得像個乞丐的所謂的國王——給我們國家蒙羞的小鬼在哪裡？我們非殺了他不可，因為他不配統治我們。」

少年國王再次低下頭去祈禱，祈禱結束以後，他站起身來，轉過身來悲傷地望著他們。

看哪！太陽這時透過彩繪玻璃窗照在他的身上，陽光在他的四周織成了一件錦繡的長袍，比那件照他的意思縫製的長袍更加精美。那根枯死的手杖綻開了鮮花，那是比珍珠還要潔白的百合花。乾枯的荊棘也開花了，開著的玫瑰花比紅寶石更加鮮紅。比最好的珍珠還要白的百合花，它們的梗子是閃亮的銀色，比上等紅寶石更紅的玫瑰花，它們的葉子是金箔鑄成的。

少年國王穿著國王的服飾站在那裡，珠寶裝飾的神龕打開了，從光輝燦爛的聖體匣，水晶聖器上放射出奇異而神祕的光芒。他穿著國王的盛裝站在那裡，上帝的榮耀充滿了這個地方，就連雕刻在壁龕上的聖徒們好像也動了。他身穿國王的華服，站在他們面前，管風琴奏出樂曲，號手們吹響了號角，詩班的男孩們也放聲歌唱。

百姓們敬畏地跪倒在地，貴族們把寶劍收回劍鞘，向他行禮，主教的臉色發白，他的雙手在顫抖著。「那比我更大的上帝已經給你加冕了。」他喊道，然後跪倒在國王面前。

少年國王從高的祭壇上走下來，穿過人群朝自己的王宮走去。但是沒有一個人敢正視他的臉，因為那容貌如同天使一樣。

西班牙公主的生日

今天是西班牙公主的生日。她才十二歲，太陽正明亮地照耀著宮殿的花園。

雖然她是真正的公主，是西班牙國王之女，但就像窮人家的子女一樣，她每年也只有一個生日，所以對舉國上下而言，這自然是件極重要的大事：在這個場合，她應該要有真正美好的一天。而今天確實是真正美好的日子。修長的條紋鬱金香筆直地站在它們的花莖上，像是排成長長行列的士兵，不馴地望著草地對面的玫瑰，還說道：「我們跟現在的你們一樣華麗動人。」紫色的蝴蝶，用牠們沾著金色粉塵的翅膀到處翻飛，輪流造訪每一朵花；小小的蜥蜴從牆縫裡爬出來，躺著沐浴在炫目的白光下；石榴在熱氣下迸開破裂，顯露出它們滴血的紅色心臟。就連淡黃色的檸檬，那樣大量地掛在廢棄的棚架上，沿著光線昏暗的拱廊垂落，似乎都從神奇的陽光裡捕捉到一種更豐富的色彩；木蘭樹則打開了它們用摺起的象牙構成的圓球狀巨大花朵，讓空氣中充滿一種甜蜜濃厚的芳香。

小公主本人跟她的陪護們，在露台上走來走去，在石製花瓶和長了苔蘚的古老雕像周圍玩捉迷藏。在尋常日子裡，她只准跟她自己相同階級的孩童玩耍，所以她總是一個人玩，但她生日是例外，國王已經下令，她可以邀請她喜歡的任何年輕朋友來跟她一起同樂。這些身材苗條的西班牙孩子輕盈地移動時，有種莊重的優雅，男孩戴著他們的大羽毛帽與飄揚的短披風，女孩拉高她們身上織錦長禮服的拖地裙襬，同時用黑色與銀色的巨大扇子遮擋太陽，保護她們的眼睛。不過公主是所有人中最優雅的，衣著也最有品味，追隨時下有些笨重累贅的流行。她的袍子是灰色的綢緞，裙子跟寬大的膨起衣袖上有大量的銀線刺繡，硬挺的束腰上有一排排質地細緻的珍珠飾釘。兩隻上面有粉紅色大玫瑰花飾的小巧拖鞋，在她走路時從她的裙子底下探出頭來。她的薄紗大扇子是粉紅與珍珠色的，她的頭髮像是淡金色的光環，拘謹地環繞在她蒼白的小臉周圍，而在她的髮梢，有朵美麗的白玫瑰。

從宮殿裡的一扇窗戶上，哀傷憂鬱的國王注視著他們。在他背後站著他的兄弟——他憎恨的阿拉貢的堂．佩德羅（Don Pedro of Aragon），還有他的告解神父——格蘭納達的異端大裁判官——就坐在他的身旁。國王比平常更哀傷，因為當他注視著公主以孩子氣的嚴肅對著聚集的朝臣們行禮，或者躲在她扇子後面嘲笑總是陪伴著她、態度嚴厲的阿布潔姬公爵夫人時，他想起了年輕的王妃，她的母親。她在不久之前——就他看來如此——從歡樂的國度法國來到此地，然後在西班牙宮廷肅穆的輝煌中枯萎凋零，在她的孩子出生後僅僅六個月就死了。她還來不及看到果園裡的杏花二度綻放，或在如今長滿綠草的庭院裡，從站在中央、生著節瘤的老無花果樹上，採擷第二年的果實。他對她的愛如此巨大，甚至無法忍受墳墓把她藏到他見不著的地方。一位摩爾人醫師替她做了防腐處理；其他人說，他這番服務得到的回報是保住他的性命，這條命本來因為異端與施展魔法的嫌疑，早就被宗教法庭取走了。她的屍體仍然躺在宮中黑大理石禮拜堂裡的織錦棺材架上，就像將近十二年前在一個風大的三月天，僧侶們把她送進去時一樣。每個月會有一次，國王裹著深色斗篷，手中拿著一盞光線被蒙得黯淡些的燈籠，走進去跪在她身旁喊道：「Mi reina! Mi reina!（我的王妃！我的王妃！）」有時候，他還打破在西班牙主宰生命中每一個行動、甚至對一位國王的憂傷都設下限制的正式禮節，在一陣悲慟的狂亂痛苦中，緊抓著那雙戴著珠寶的蒼白雙手，想用他瘋狂的親吻喚醒那張化了妝的冰冷臉龐。

今天他似乎又見到她了，就像他當初在楓丹白露堡初次見到她。當時他不過十五歲，她還更年輕些。在那個場合，聖座大使在法國國王與整個宮廷面前讓他們正式訂婚，而他回到埃斯柯里亞爾修道院[19]時，身上帶著一小撮黃色的長捲髮，還有一雙童稚的嘴唇在他踏進自己的車廂時彎下來親吻他手的記憶。後來是婚禮的記憶，匆促地在布爾戈斯舉行，這是位於兩國邊境的小鎮，然後是公開盛大地進入馬德里，在阿托查教堂[20]照慣例以大彌撒慶祝，還辦了一場比平常更嚴肅的異端審判儀式，其中幾乎有三百名異端——其中有許多英國人——被押送到世俗權威之手，等著被燒死。

他確實是瘋狂地愛著她，許多人認為那愛毀滅了他的國家。當時他們為了新世界帝國的殖民地，正與英格蘭交戰。他幾乎不允許她離開他的視線；為了她，他忘記了（或者看似忘記了）所有嚴肅的國家大事；而且在激情帶給其奴僕的可怖盲目之中，他沒能注意到他設法用來取悅她的精巧繁複儀式，不過是加重了她罹患的奇異疾病。在她死時，他有一段時間就像個喪失理性的人。說真的，他本來無疑會正式退位，隱居到格蘭納達偉大的特拉普派修道院，他已經是那裡名義上的修道院副院長了——要

19 埃斯柯里亞爾（El Escurial）是西班牙國王菲利浦二世下令興建的建築群，在一五八四年完工，這裡不只是修道院，也是行宮兼皇家陵寢，還有圖書館、學校及博物館等，菲利浦二世本人常在這裡辦公。

20 這裡的阿托查教堂（Church of La Atocha）可能是指阿托查聖母聖殿（Real Basílica de Nuestra Señora de Atocha）。

不是他深怕留下小公主要仰仗他弟弟的慈悲過活，而弟弟的殘酷，就算在西班牙也是惡名昭彰，況且許多人懷疑他導致王妃的死亡——趁她造訪他在阿拉貢的城堡時，獻給她一副下了毒的手套。即使在國王以王室命令頒行於他全部領土之上的三年公眾弔唁期結束後，他還是完全聽不得大臣們提起任何新聯姻的事。當皇帝本人捎來消息，主動提親，要他迎娶皇帝的姪女——可愛的波希米亞女大公，他吩咐大使們告訴他們的主公，西班牙國王已經與哀愁聯姻，她雖然是不孕的新娘，他卻愛她勝過「美」；這個答案讓他失去了尼德蘭富饒省分的皇冠——不久之後，在皇帝的教唆之下，那地方在某些喀爾文教會狂熱份子的領導下反叛他。

他的整段婚姻生活——其中帶著火紅色彩的強烈喜悅，還有它突然告終的恐怖痛楚——在今天他注視著公主在露台上玩耍的時候，似乎都回到他身上了。在她不時往上瞥向窗戶，或伸出小手給莊重的西班牙紳士親吻時，她有著王妃那種漂亮又任性的所有神態，用同樣恣意的方式甩著頭，有著同樣驕傲、帶著弧度的漂亮小嘴，以及同樣神奇的微笑——確實是 vrai sourire de France（來自法國的真正微笑）。不過孩童們尖利的笑聲刮擦著他的耳朵，毫無憐憫之心的明亮陽光嘲弄著他的哀愁，還有一股隱約的臭味，來自奇異的香料，像是防腐師傅用的那種香料，似乎玷汙了——或者它是很別緻？——乾淨的晨間空氣。他把臉埋進雙手之中。當公主再度往上看的時候，窗簾已經拉攏，國王已經進房休息。

她微微噘嘴表達失望，聳聳她的肩膀。他本來肯定可以在她生日留下來陪她。愚蠢的國家大事算什麼？或者，他去了陰鬱的禮拜堂嗎？那裡的蠟燭總是在燃燒，而且從來不准她進去。他多傻啊，此刻太陽照耀得這麼明亮，每個人都這麼快樂！除此之外，他還會錯過假鬥牛表演。喇叭已經為此響起，更別說還有傀儡秀與其他奇妙的東西了。她叔叔和大裁判官就明智得多。他們來到外面的露台上了，而且給她很棒的讚美。所以她一揚她漂亮的腦袋，握住堂·佩德羅的手，緩緩地走下台階，走向搭建在花園盡頭、鋪了紫色絲綢的長長看台，其他的孩子按照嚴格的先後順序跟上，名字最長的人走在最前面。

一隊貴族男孩們，絕妙地裝扮成toreador（鬥牛士），走出來迎接她，而新地的年輕伯爵，一名年約十四歲、俊得出奇的小伙子，以西班牙天生貴族與顯要的全副優雅，脫帽露出他的頭，肅穆地領著她，走到一張安置在競技場上方高台上的鍍金象牙小椅子前面。孩童們自己在周圍集結成群，輕搧著他們的大扇子，互相悄悄私語，堂．佩德羅與大裁判官則在入口處站著大笑。就連公爵夫人——她被稱為宮廷女官——一個五官嚴峻、穿著黃色輪狀皺領的細瘦女人，看起來都不像平常那麼壞脾氣了，某種像是冰冷微笑的表情掠過她長著皺紋的臉，抽動著她沒有血色的薄唇。

這肯定是一場了不起的鬥牛表演，公主心想，而且比帕爾馬公爵來造訪父親時，她被帶到塞維爾去看的真鬥牛更好得多。某些男孩跨在披掛著華麗裝飾的木馬上，昂首闊步，揮舞著長標槍，上面黏著用亮色緞帶做成的繽紛飾帶；其他人徒步前進，在公牛面前揮動著他們的緋紅色斗篷，然後在他衝向他們時，輕盈地躍過柵欄；至於公牛本身，他就只是像一條活的公牛，雖然他只是用柳條籃與撐起的牛皮做成的，而且有時堅持用他的後腳繞著競技場跑；就算是作夢，都沒有一條活的公牛會想要這麼做。他也進行了一場華麗的戰鬥，孩童們變得好興奮，甚至站到長凳上，揮舞著他們的蕾絲手帕，大喊Bravo toro! Bravo toro!（公牛真棒！公牛真棒！）就好像他們已經是大人一樣地明智。然而，在拉長的戰鬥後——在這段期間，好幾匹木馬徹徹底底被牛角刺穿，它們的騎士也掉下馬來——年輕的新地伯爵終於擊潰了公牛，而在得到公主許可，給公牛 coup de grâce（致命一擊）時，他把他的木劍戳進那頭動物的頸子，用力之猛，讓腦袋直接掉了下來，露出了洛林小公子笑開來的臉，那是法國駐馬德里大使的兒子。

競技場接著在許多喝采聲中清空了，死掉的木馬被兩名穿著黃黑相間制服的摩爾人侍從莊嚴地拖走。經過短暫的中場休息，讓一位法國雜技師傅在繩索上表演之後，一些義大利傀儡出現在專為這場演出而搭建的小劇場舞台上，上演半古典悲劇《蘇芙妮斯巴》[21]。他們演得如此好，姿態自然至極，以至於戲將收場時，公主的眼睛因淚水而變得相當朦朧。的確，某些孩子真的哭了，必須用糖果來加以安慰，大裁判官自己也深受感動，忍不住對堂．佩德羅說，只用木頭與染色的蠟做成、只靠繩索機械運作的東西，竟然這麼不快樂，而且還碰到這樣恐怖的厄運，在他看來是難以忍受的。

一位非洲雜耍家接著進場，他帶來一個大而扁的籃子，上面蓋著一塊紅布。他把

21 蘇芙妮斯巴（Sophonisba）是西元前二世紀的迦太基貴族，原與東努米底亞國王馬西尼薩訂婚，後因政治因素成為聯姻的犧牲品，最後服毒自盡，以保全尊嚴。在十六到十九世紀，她的故事常改編成戲劇。

它放在競技場中央後，從包頭巾裡拿出一個奇特的牧笛，然後朝著籃子裡吹氣。一會兒以後，那塊布開始動了，而隨著笛聲變得愈來愈尖利，兩隻綠中帶金的蛇伸出牠們奇特的楔形腦袋，緩緩地上升，隨著音樂來回搖擺，就像是水中搖曳的植物。可是，孩子們相當害怕牠們長斑的頸部皮摺，還有迅速彈出的舌頭；在雜耍家讓沙地裡長出一棵迷你橘子樹、還開出漂亮的白花跟一簇簇真正果實的時候，他們高興多了；而在他拿了拉斯托雷斯侯爵家小女兒的扇子，把它變成一隻藍色小鳥，一邊唱歌一邊繞著整個看台飛翔的時候，他們的喜悅與驚異毫無止境。由聖柱聖母教堂的跳舞男童們表演的莊嚴小步舞曲，也很有魅力。公主以前從沒看過這種神奇的儀式，為了紀念處女聖母，每年五月這個儀式都會在祂的祭壇前舉行；自從一位瘋狂教士——據信他是被英格蘭伊莉莎白女王收買的——企圖給阿斯圖里亞斯親王[22]一片下了毒的聖餅後，西班牙王室確實沒有任何人進入過那間位於莎拉戈薩的大教堂，所以公主只聽人說過「聖母之舞」，這就是它的名稱，而它肯定是一幅美麗的景象。男孩們穿著舊式的白

22 阿斯圖里亞斯親王（Prince of the Asturias）西班牙王儲的固定封號。

天鵝絨宮廷服裝，他們古怪的三角帽有銀色的流蘇，頂端還裝飾著鴕鳥身上的巨大羽毛。當他們在陽光下舞動時，他們黝黑的臉與長長的黑髮，更凸顯他們表演服裝上那耀眼的白。他們在錯綜複雜的舞蹈隊形中移動時的肅穆尊嚴、他們透過緩慢的手勢與莊重的鞠躬所展現的細膩優雅，迷住了每個人，當他們表演結束、脫下他們的大羽毛帽向公主致敬時，她極有禮貌地感謝他們的敬意，並且發誓她會把一支大蠟燭送到聖柱聖母的聖壇，以回報聖母給予她的聲色之娛。

一隊俊美的埃及人——那時候是這麼稱呼吉普賽人的——接著進入競技場，盤腿坐下，圍成一圈，開始輕柔地彈奏他們的齊特琴，隨著曲調舞動他們的身體，並且用幾乎聽不見的音量，低聲哼著夢幻的曲調。在他們瞥見堂．佩德羅的時候，他們怒視著他，而且其中某些人看起來嚇壞了，因為不過在幾週之前，他以行巫術的罪名，把他們部族裡兩個人吊死在塞維爾的市場。然而在漂亮的公主往後靠，用她藍色大眼從她的扇子後方朝外窺視時，她的魅力迷住了他們。他們覺得很確定，一個像她這麼可愛的人永遠不可能對任何人殘酷無情。於是他們繼續非常溫柔地演奏，只用他們又長又尖的指甲觸碰齊特琴弦。他們開始點著頭，就好像睡著了似的。突然之間，傳出一聲好淒厲的叫喊，所有孩童都吃了一驚。堂．佩德羅的手緊抓著他那把匕首的瑪瑙刀柄末端，而他們猛然站起，一邊打著他們的手鼓，一邊瘋狂地沿著那一小圈旋轉，並且用他們帶喉音的奇特語言唱著某首狂野的戀歌。接下來隨著另一個信號，他們全都再度五體投地，相當安靜地躺在那裡，齊特琴模糊的琴音是唯一打破寂靜的聲響。他們這樣做了幾次之後，消失了一會兒，然後用鎖鏈領著一隻長滿粗毛的棕熊回來，肩上還扛著幾隻小小的巴巴里獼猴。熊以最極致的莊重態度倒立，皺巴巴的獼猴們則跟兩個看似牠們主子的吉普賽男孩玩起各種逗人開心的把戲，用小小的劍互鬥，還開槍射擊，然後做了一遍正規士兵的訓練步驟，就像國王自己的護衛一樣。事實上，這些吉普賽人的表演大大成功。

不過整個早上的娛樂節目中最有趣的，無疑是小侏儒的舞蹈。在他踉蹌走進競技場，靠他彎曲的腿蹣跚前進、左右搖擺著他變形的大頭時，孩童們發出響亮歡愉的叫喊，而公主本人笑得太厲害了，以至於女官不得不提醒她，儘管在西班牙有許多國王之女在同階級的人面前啜泣的前例，卻沒有任何流著王室血液的公主在出身比她低的人面前如此盡情作樂。然而那侏儒真的讓人相當難以抗拒，甚至在西班牙宮廷亦然：

這裡總是以它對恐怖事物的文雅激情聞名，這樣神奇的一個小怪物卻是前所未見的。這也是他第一次亮相。直到前一天，他才在狂奔穿過森林時，被兩個剛好在城鎮周圍大軟木林偏僻處打獵的貴族發現，被他們送到宮殿來，當成獻給公主的驚喜；他的父親是貧窮的燒炭工，能擺脫這麼醜陋又無用的孩子，真是高興都來不及。關於他，或許最逗趣的是他完全沒意識到自己醜怪的外表。他確實看似相當快樂，又興高采烈。在孩童們大笑時，他跟他們任何一位一樣，笑得自由自在又充滿喜悅，而在每支舞蹈的結尾，他都對他們每個人行最有趣的鞠躬禮，微笑著對他們點頭，彷彿他真是他們之中的一員，而不是大自然在某種幽默情緒下造出來讓其他人取笑的畸形小東西。至於公主，她徹底迷倒了他。他的眼睛離不開她，而且似乎只為了她一個人跳舞。表演結束時，她想起她看到宮廷其他尊貴夫人如何把花束丟向知名的義大利閹伶男高音卡法瑞利——教宗派他從自己的禮拜堂前往馬德里，因為他甜美的聲音可能治癒國王的憂鬱症——於是她拿下髮上的美麗白玫瑰，一半是為了開個玩笑，一半是為了嘲弄宮廷女官，她帶著最甜美的微笑，把花擲向競技場那頭的他。他相當認真地看待這整件事，把那朵花壓在他粗糙不平的唇上，把手放在心上，然後在她面前跪下一邊膝蓋，笑得合不攏嘴，明亮的小眼睛閃動著愉悅。

這大大干擾了公主的嚴肅莊重，以至於在小侏儒跑出競技場後許久，她還一直笑個不停，而且對她叔叔表達了這支舞應該立刻重複一遍的欲望。然而宮廷女官以太陽太大為藉口，決定公主殿下最好立刻回宮，一刻都不耽擱，宮裡已經為她準備好一頓絕妙的盛宴，包括一個真正的生日蛋糕，上面用染色的糖寫滿她的名字縮寫，還有一支可愛的銀色小旗子在頂端飄揚。公主因此相當尊貴地站了起來，在下令要小侏儒在午睡時間後再度為她跳舞，並對年輕的新地伯爵迷人的接待活動傳達她的感謝，隨後回到她的房間，孩童們則依照他們進場時的相同順序跟上。

這時，當小侏儒聽到他將要在公主面前跳第二次舞，而且是她自己表達的命令，他覺得無比驕傲，於是跑到外面的花園裡，以愉悅帶來的荒謬狂喜親吻著白玫瑰，還做出最粗魯笨拙的雀躍姿態。

花朵們對於他膽敢闖入他們美麗的家相當義憤填膺，當他們看見他在步道上蹦蹦跳跳，用這麼荒謬的姿態把雙臂高舉過頭、揮來揮去，再也無法遏制自己的感受了。

「他真是太醜了，不能讓他在我們在的任何地方玩耍。」鬱金香們喊道。

「他應該喝罌粟汁，然後去睡上一千年。」緋紅色的大百合花說，逐漸變得相當怒火中燒。

「他徹底嚇死人了！」仙人掌尖叫道：「哎唷，他歪歪扭扭、又矮又胖，而且他的頭跟他的腿完全不成比例。真的，他讓我覺得全身又刺又癢，如果他靠近我，我就會用我的棘刺叮他。」

「而且他其實拿走了我最棒的一朵花，」白玫瑰樹叫喊著：「今天早上我親自把它交給公主，當成生日禮物，而他從她手上偷走了它。」她用她最大的音量，喊了出來：「小偷，小偷，小偷！」

就連通常並不自抬身價、窮親戚多到人盡皆知的紅天竺葵在看見他的時候，也厭惡地蜷縮起來，而當紫羅蘭怯懦地提出意見說，他雖然確實極端平庸，但這其實不是他自己有辦法改變的，他們非常義正詞嚴地反駁說，那就是他最主要的缺憾，而且我們沒有理由因為一個人無可救藥就仰慕他；的確，某些紫羅蘭本身就感覺到，小侏儒幾乎是在賣弄他的醜陋；如果他看起來很悲傷，或者至少心事重重，而不是喜孜孜地到處亂跳，放任自己擺出這樣醜怪又愚蠢的態度，他表現出的品味就會好多了。

至於老日晷，身為極為出色獨特的個體，本人過去還曾向皇帝查理五世這樣高貴的人物報時，但小侏儒的外表讓他如此震驚，幾乎整整兩分鐘忘記用他修長如陰影的手指指示時間，更忍不住對正在欄杆上曬太陽的乳白色大孔雀說，每個人都知道國王的孩子就是國王，燒炭工的孩子就是燒炭工，假裝不是這樣是很荒謬的；孔雀完全同意這番話，更尖叫道：「確實如此，確實如此。」聲音這麼響亮又刺耳，以至於住在水花四溢的清涼噴泉水盆裡的金魚，紛紛從水裡探出頭來，詢問巨大的川頓[23]石雕到底出了什麼大事。

不過鳥兒們倒是喜歡他。他們經常看到他在森林裡，有時像精靈般追著如漩渦般打轉的樹葉到處舞動，或蹲踞在某棵老橡樹的空洞裡，跟松鼠們分享他的堅果。他們不介意他生得醜，一點都不。哎，畢竟即使是夜鶯，即使她晚上在橘子樹叢裡唱得如此甜美，有時甚至連月亮都彎下身來聆聽，但她本人看起來並不怎麼樣；除此之外，

23 川頓（Tritons）原本指海神波賽頓的兒子，形象是人身魚尾，後來泛指男人魚。

他一直對他們很仁慈，在冰冷刺骨得可怕的冬天裡，樹上沒有莓果、地面堅硬如鐵、狼群會來到城門附近找食物的時候，他一次也沒忘記過他們，還總是給他們從他那一小塊黑麵包掉下的碎屑，並且跟他們分享他僅有的一點貧乏的早餐。

於是他們在他身邊一圈又一圈地飛著，在經過他身旁時，用翅膀輕輕碰一下他的臉頰，然後彼此啁啾著。小侏儒開心得不得了，甚至忍不住向他們展示那朵漂亮的白玫瑰，還告訴他們，這是公主本人送給他的，因為她愛他。

他在說什麼，他們一個字都聽不懂，不過沒關係，因為他們把頭歪向一邊，看起來一臉睿智，就像理解似的，這樣很好，而且也容易許多。

蜥蜴也極喜歡他，在他逐漸厭倦到處奔跑、撲到草地上休息時，他們在他全身上下玩耍嬉鬧，而且盡其所能地設法逗樂他。「不是每個人都能像蜥蜴一樣美麗，」他們喊道：「那樣是期待過高了。而且，雖然這麼說聽起來很荒謬，說到底，他真的沒那麼醜，當然了，只要一個人閉上眼睛不要看他就行了。」蜥蜴的本性就極有哲學傾向，在沒有其他事可做，或在雨下太多讓他們難以出門時，他們通常就坐在一起，幾小時又幾小時地思考。

然而花朵們對他們的行為還有鳥類的行為，超乎尋常地惱怒。「這只表示，」他們說：「這種沒完沒了的衝刺與到處亂飛帶來多麼粗俗的影響。教養好的人總是只停留在同一個地方，就像我們這樣。沒有人看過我們在步道上到處亂跳，或追著蜻蜓狂奔穿過草地。當我們真的想換換空氣的時候，我們就派人叫來園丁，他會把我們搬到另一個花床上。這樣很有尊嚴，而且理應如此。不過鳥兒跟蜥蜴根本不懂歇息，而鳥兒確實連個永久住址都沒有。他們只是像吉普賽人那樣的流浪漢，也應該以完全相同的方式被對待。」因此他們把鼻子翹向天空，看起來非常高傲。過沒多久，當他們看到小侏儒從草地裡爬出來，一路穿越露台前往宮殿時，他們相當高興。

「在他剩下的自然壽命裡，他肯定應該被留在室內，」他們這麼說：「看看他的駝背，還有他的彎腿。」然後開始竊笑。

不過小侏儒對這一切都一無所知。他無比喜歡鳥兒與蜥蜴，而且認為花朵們是整個世界裡最神奇的東西，當然了，除了公主之外。不過話說回來，她給了他那朵漂亮的白玫瑰，而且她愛他，這就造就出很大的差別了。他多麼希望他已經回到她身邊！她會把他安置在她右手邊，對著他微笑，而他永遠不會離開她身邊，但會讓她成為他的玩伴，並且教她各式各樣令人開心的把戲。雖然他以前從沒到過宮殿，但他知道很多很多神奇的事。他可以用燈心草做出小小的籠子，讓蟋蟀在裡面唱歌，也會把連結起來的長竹子做成牧神潘愛聽的笛子。他認得每種鳥類的鳴叫聲，還可以把椋鳥從樹梢上叫下來，或把蒼鷺從池水裡召喚出來。他認識每種動物留下的蹤跡，也能透過細緻的腳印來追蹤野兔、用被踐踏過的樹葉追蹤野豬。他懂得所有野性的舞蹈，穿著紅衣與秋天共舞的瘋狂之舞，穿著藍色涼鞋踏在橡實上的光之舞，在冬天戴著白雪花環的舞蹈，還有在春天穿過果園的花之舞。他知道林鴿在哪裡築巢，有一次在一名捕鳥人抓走親鳥後，他自己把小鳥們帶大，還在一個樹梢修剪過的榆樹裂縫裡，蓋了一個小小的鴿舍。他們相當溫馴，而且習慣每天早上從他手裡吃東西。她會喜歡他們的，還有在長長的蕨類群裡急奔的兔子，還有長著鋼色翅膀與黑色鳥喙的松鴉，還有可以把自己蜷縮成刺球的刺蝟，還有明智的大陸龜，牠們緩慢地到處爬行，搖著頭，小口啃咬著嫩葉。是的，她必定會來到森林裡，跟他一起玩。他會把自己的小床讓給她，會在窗外看守直到天明，監督長角的野生牲畜不要傷害她，瘦削的狼群也不至於潛行得太靠近小屋。在黎明時，他會敲敲百葉窗叫醒她，然後他們會出門去，整天一起跳舞。在森林裡真的一點都不寂寞。有時會有個主教一邊騎著他的白騾穿過，一邊朗讀一本畫了圖的書。有時養鷹人戴著他們的綠色天鵝絨帽，穿著鞣製鹿皮外套經過，手腕上站著戴了頭罩的鷹。在釀酒季，用腳踩葡萄的工人來了，手跟腳都染成紫色，身上纏繞著光滑的藤蔓，同時拿著滴著酒水的皮革酒壺；還有燒炭工，他們在晚間圍坐在巨大的炭火盆前，注視著乾燥的木材在火中緩緩燒成焦炭，在灰燼裡烤栗子，還有強盜從他們的洞穴裡出來，跟他們一起同樂。也有一次，他看到一支漂亮的隊伍蜿蜒走在通往托雷多的漫長塵土路上。僧侶們走在前方甜美地唱著歌，並且扛著色彩明亮的旗幟與黃金十字架，隨後來的是穿著銀色盔甲、帶著火繩槍和長矛的士兵，而在他們之間走著三個赤腳的男人，他們穿著奇異的黃色服裝，上面畫滿了神奇的圖案，手上還拿著點燃的蠟燭。在森林裡確實有很多東西可看，而且在她疲倦的時候，他會替她找個長滿苔蘚的柔軟堤岸，或者用他的手臂抱起她，因為他非常強壯，雖然他知道自己不太高。他會替她做一條紅色瀉根莓果項鍊，那會跟她戴在她連衣裙上的白色莓果一樣漂亮。當她厭倦它們時，她可以丟掉，他會再替她找其他的項鍊。他會帶給她橡實杯和浸飽露珠的秋牡丹，還有細小的螢火蟲，在她淡金色的頭髮上充當星星。

但她在哪裡？他問白玫瑰，它沒有給他答案。這整個宮殿似乎睡著了，就連百葉窗沒關上的地方，厚重的窗簾都在窗前被拉攏，以便擋住炫目的光。他到處漫步，尋找某個能讓他進入的地方，最後總算看到一扇敞開的隱密小門。他溜了進去，發現自己在一個光輝燦爛的大廳裡。他覺得那裡恐怕比森林更光輝燦爛許多，到處都有更多得多的鍍金，甚至連地板都用有色大石頭鋪設，拼成某種幾何圖案。不過小公主不在那裡，只有一些神奇的白色雕像，從它們的碧玉台座上俯視著他，眼睛哀傷而空茫，嘴唇帶著奇異的微笑。

在大廳盡頭掛著一副有濃密刺繡的黑色天鵝絨布簾，上面點綴著太陽與星星，這是國王最喜愛的設計，而且繡在他最喜愛的顏色上。或許她就藏在那後面？他無論如何會試試看。

於是他安靜鬼祟地穿過大廳，把布簾拉到一邊。不；只是另一個房間，他心想，不過比他剛離開的那間更漂亮。牆壁上掛著一條有許多圖案的綠色掛毯，上面針工細膩的織錦描繪著一場狩獵，這是某個法蘭德斯藝術家花了超過七年才完成的作品。這裡一度是瘋王尚恩（Jean le Fou）的房間——別人是這麼稱呼他的。這位瘋癲的國王非常熱愛這個追逐場面，因此常常在譫妄中企圖騎上後腿直立的高大馬匹，拉倒大獵犬們正跳躍著撲上去的雄鹿，吹響他的狩獵號角，然後用他的匕首刺殺這隻奔逃中的淺色鹿。如今這裡被當成議事廳，在中央的桌子上擺著大臣們的紅色卷宗夾，上面蓋了西班牙的金色鬱金香標記，還有哈布斯堡皇室的紋章與徽號。

小侏儒驚歎地望著他的周遭，一半帶著害怕繼續前進。那奇異的沉默騎士，如此迅捷地策馬跑過長長的林間空地，卻沒發出任何噪音，在他看來就像是他曾聽燒炭工說過的恐怖鬼魂——康普拉丘[24]，他們只在晚間狩獵，如果他們遇到一個男人，就會把他變成一隻母鹿，然後追趕他。不過他想起了漂亮的公主，又鼓起了勇氣。他希望發現她獨自一個人待著，然後他要告訴她，他也愛她。或許她就在後面的房間裡。

他奔跑著穿過柔軟的摩爾製地毯，打開了門。不！她也不在。這房間相當空曠。這是個覲見室，是在國王同意親自接見外國大使時，用來接待他們的地方，這種

24 康普拉丘（Comprachos 或 Comprachicos）是從西班牙語中湊出來的字，本意是兒童販子。根據民間傳說，這種人把兒童擄去後殘害他們的身體，讓他們變成畸形，然後送去當宮廷弄臣。這裡講的康普拉丘，則是一種能恣意讓人類變形的超自然生物。

事近來並不常見；許多年前，來自英格蘭的使節就出現在這個房間裡，準備為他們的女王安排婚事，當時她是歐洲的天主教君主之一，即將和皇帝的長子結親。簾子是鍍金的戈多瓦皮革，還有一盞沉重的鍍金枝形吊燈，分枝上可以裝三百個蠟燭，從黑白相間的天花板上垂下。金布做的巨大華蓋上，有以米粒珍珠繡成的獅子與卡斯提爾的塔樓，華蓋之下則矗立著王座本身，上面覆蓋著一塊奢華的黑天鵝絨蓋布，布料上釘著銀色的鬱金香，以及用銀子與珍珠做的精美流蘇。王座的第二階擺了給公主用的跪坐凳，它有銀薄紗布做的襯墊，而在那以下，在華蓋的邊界之外，給聖座大使用的座椅就立在那裡，在所有公開典禮場合上，唯獨他有權利在國王面前坐下，而他那頂樞機主教帽，掛著纏結的緋紅色流蘇，放在前方一張紫色凳子上。王座對面的牆壁上，掛著真人大小的查理五世肖像，他穿著獵裝，旁邊有隻大獒犬。另外還有一張菲利浦二世的畫像占據另一面牆的中心，畫中他正接受尼德蘭宣誓效忠。在窗戶之間立著一個鑲嵌著象牙板的黑檀木櫃，上面刻了霍爾班[25]《死亡之舞》系列畫作裡的人物——

25 霍爾班（Hans Holbein）是活躍於十六世紀前半的德國畫家，在一五二三至一五二五年間創作了三十四幅畫像，描繪死神如何接引不同社會階級的人。

有人說，是那位著名大師自己親手刻的。

不過小侏儒不在意這一切莊嚴華麗。他不會願意用他的玫瑰交換那頂華蓋上的所有珍珠，也不會願意用他那朵玫瑰上的一片白色花瓣來交換王座本身。他想要的是在公主走下看台之前就看見她，並且在他結束舞蹈的時候邀請她跟他一起走。在這裡，在宮殿裡，空氣封閉而沉重，但在森林裡，風自由地吹拂，陽光漫遊的金手會把輕輕顫動的樹葉移到一邊。在森林裡也有花朵，或許沒像花園裡的花朵那樣燦爛奪目，儘管如此，氣味卻更香甜得多；有早春的風信子，用揮舞著的紫色淹沒清涼的幽谷與長滿草的小丘；黃色的報春花，在橡樹長滿節瘤的樹根周圍擠成一小叢又一小叢，依偎在一起；色彩明亮的白屈菜，藍色的婆婆納，還有丁香色與金色的鳶尾花。還有榛樹上的灰色柔荑花序，以及毛地黃，它們有蜜蜂出沒、色澤斑駁的小房間，重到讓它們垂頭喪氣。栗子樹有自己如同白色星星的嫩葉，山楂有自己如蒼白月亮的美。是的：只要他能找到她，她當然會來！她會跟他來到美麗的森林，他會為了逗她開心而整天跳舞。隨著這個念頭，一抹微笑點亮了他的雙眼，然後他進入了下一個房間。

在所有房間之中，這間是最明亮也最美麗的。牆壁上覆蓋著有粉紅色花朵紋路的盧卡花錦緞，上面還有鳥的圖樣，點綴著小巧的銀花；家具是用厚重的銀做的，裝飾著花俏華麗的花環紋飾，還有晃動著的邱比特塑像；在兩個大壁爐前面擺著繡了鸚鵡與孔雀的大屏風，至於海綠色縞瑪瑙鋪成的地板，看來似乎一直延伸到遠方。而他也不是一個人。在房間最遠的那一頭，他看到有個小小的人影站在門口的陰影下，注視著他。他的心顫動著，一聲喜悅的呼喊從嘴唇之間迸出，隨後他往外走進陽光裡。他這麼做的同時，那個人影也往外移動，他看得清清楚楚。

公主啊！那是個怪物，他生平所見最醜怪的怪物。他不像所有其他人那樣體態得宜，而是駝背、肢體彎曲，有個鬆垂著的巨大頭顱，還有濃密而長的黑髮。小侏儒皺起眉頭，那怪物也皺起眉。他笑出來，它也跟著他笑，而且把它的雙手擺在身旁，就像他自己所做的那樣。他對它嘲弄地彎腰行禮，它也回敬他一個鞠躬。他走向它，它也過來跟他會合，模仿他踏出的每一步，而在他自己停下來的時候，它也跟著停下。他覺得有趣地喊了出來，一邊向前跑，一邊伸出他的手，當怪物的手碰到了他的手，它冷得像冰。他害怕了起來，把手移向另一側，怪物的手也同樣迅速地跟過去。他試著貼上去，但有某種光滑堅硬的東西阻止了他。怪物的臉現在跟他自己的臉靠得很近了，而且似乎充滿了恐懼。他把他的頭髮從眼前撥開。它仿效他。他攻擊它，它也一一回敬。他憎惡它，它也對他作出令人厭惡的表情。他往後抽身，它也撤退了。

它是什麼？他思考了一會兒，然後環顧房間的其他地方。很奇怪，但似乎所有事物在這面清水做成的隱形之牆裡，都有自己的分身。是的，每幅畫都被重複，每張沙發都有相對的沙發。躺在門邊壁龕裡睡覺的農牧神法恩，有它熟睡中的孿生兄弟，站在陽光下的銀色維納斯，則對著跟她一樣可人的另一個維納斯伸出她的雙臂。

是回音女神艾柯嗎？他在山谷裡曾經呼喚她一次，而她也一字不差地回答了他。她能夠愚弄眼睛，就像她愚弄聲音一樣嗎？她能夠造出一個模擬世界，就像真實世界一樣嗎？事物的影子能夠有顏色、生命與動作嗎？可能是那樣嗎……？

他一驚，從他胸前拿出那朵美麗的白玫瑰，然後他轉過身去，親吻了它。那怪物有自己的玫瑰，每片花瓣都一模一樣！它也用相似的吻親吻它，用那恐怖的姿態把它壓在自己心上。

在他頓悟真相的時候，他發出一聲絕望的狂野吶喊，然後啜泣著倒在地上。所以畸形又駝背的人是他，他不堪入目又醜怪。怪物就是他自己，所有小孩都在笑他，而他以為愛著他的小公主——她也只是在嘲弄他的醜陋，拿他扭曲的肢體來找樂子。為什麼他們不讓他留在森林裡？那裡沒有鏡子可以告訴他，他有多令人嫌惡。為什麼他父親沒有殺了他，而不是賣了他，讓他羞愧？炙熱的淚水從他臉頰上奔流而下，他把白玫瑰撕成碎片。趴倒在地的怪物也做了一樣的事，然後把纖弱的花瓣撒向空中。它匍匐在地，當他注視著它的時候，它也用痛苦憔悴的臉注視著他。他爬開了，免得看見它，然後用雙手蓋住自己的眼睛。他像某個受傷的東西爬行著，爬進了陰影裡，然後躺在那裡嗚咽。

就在這一刻，公主本人跟她的伴護們穿過開著的窗進來了，當他們看到醜陋的小侏儒躺在地上，握緊了拳頭，用最神奇、最誇張的方式敲著地板時，他們爆出一陣快樂的大笑聲，而且站過去圍繞著他，注視著他。

「他的舞蹈很滑稽，」公主說：「不過他的表演還更滑稽呢。說真的，他幾乎就跟傀儡們一樣好，只是當然沒有那麼自然。」她輕振著她的大扇子，喝采起來。

不過小侏儒完全沒抬頭看，他的啜泣變得愈來愈微弱，突然間他發出一個奇怪的喘息，然後抓住了他的側腰。接著他再度往後倒下，相當安靜地躺著。

「這太棒了，」在短暫停頓後，公主說：「不過現在你必須為我跳舞了。」

「對，」所有孩子喊道：「你必須起來跳舞，因為你就像巴巴里獼猴一樣聰明，而且還更荒唐得多。」

不過小侏儒沒有回答。

小公主頓著腳，然後喊著要她叔叔過來，他一邊和宮廷大臣一起走在露台上，一邊讀著某些剛從墨西哥抵達的緊急信件，最近那裡剛建立宗教法庭。「我逗趣的小侏儒在鬧脾氣，」她喊道：「你必須把他叫醒，然後叫他為我跳舞。」

他們相視而笑，然後悠閒地走進來，堂．佩德羅蹲了下來，用他有著刺繡的手套拍打侏儒的臉頰。「你必須跳舞，」他說：「petit monstre（小怪物），你必須跳舞。西班牙和印度群島的公主希望得到娛樂。」

可是小侏儒絕不動彈。

「應該把鞭刑師傅叫來。」堂．佩德羅厭煩地說道，回到露台上去了。不過宮廷大臣一臉嚴肅，他跪在小侏儒旁，把手放在他的心臟上。一會兒之後，他聳聳肩，站起身來，接著，在對公主深深鞠躬之後，他說：

「Mi bella Princesa（我美麗的公主），你逗趣的小侏儒再也不會跳舞了。真可惜，他醜成這樣，本來可能會讓國王露出微笑的。」

「可是為什麼他再也不會跳舞了？」公主笑著問道。

「因為他心碎了。」宮廷大臣回答。

然後公主皺起眉頭，她小巧如玫瑰葉的嘴唇彎成漂亮的輕蔑表情。「將來那些過來跟我玩的人都不准有心。」她喊道，然後往外跑進花園裡了。

星之子

很久很久以前，有兩名貧窮的樵夫正在穿越一座大松木林，準備回家。當時是冬天，而且是個冷得刺骨的冬夜。厚重的雪落在地面，還有樹木的枝幹上。在他們經過的時候，寒霜一直折斷他們兩旁的小樹枝，而當他們來到山洪旁邊時，她正好動也不動地懸在半空中，因為冰之王先前親吻了她。

天氣這麼冷，連飛禽走獸都不知道要怎麼看待這種情況。

「喔！」狼咧著嘴低吼，把尾巴夾在兩腿中間，跛行著穿過有著斷裂細枝的矮樹叢：「這天氣真是壞得駭人聽聞。為什麼政府不想想辦法？」

「知！知！知！」綠色的赤胸朱頂雀[26]啁啾著：「老地母死了，而且他們已經把她裝殮到她的白色壽衣裡了。」

「地母要結婚了，這是她的新娘禮服。」歐斑鳩對彼此悄聲說道。他們粉紅色的小腳有不少凍傷，但他們自覺有責任對這個情況採取浪漫的觀點。

26 綠色赤腹朱頂雀（Green Linnet）在愛爾蘭有獨特意義。拿破崙曾發起以此為代號的行動，企圖破壞英國的統治；十九世紀初的愛爾蘭獨立運動份子也一度與法國人合作，企圖對抗不列顛帝國統治，但結果失敗，只有同名反抗歌曲流傳下來。

「胡說八道！」狼咆哮道：「我告訴你們，這全都是政府的錯，如果你們不信我，我就會吃了你們。」狼有個徹底實際的心靈，而且在一場好的爭論之中從來不會無話可說。

「呃，就我自己來說，」啄木鳥說話了，他是個天生的哲學家：「我不想得到一個來自原子理論的解釋。事實就是事實，現在就是冷得嚇人。」

天氣確實是冷得嚇人。住在高聳冷杉樹裡的小松鼠們，一直摩挲著彼此的鼻子，好幫助他們自己保暖，兔子們則在他們的洞穴裡自己蜷縮成一團，甚至不敢冒險望向門外。唯一看似很享受這天氣的人是大角鴞。他們的羽毛因為蒙上一層霜而變得相當僵硬，不過他們並不介意，而且還轉著他們黃色的大眼睛，穿過森林叫喚著彼此：「圖——灰！圖——霧！圖——灰！圖——霧！現在的天氣多麼令人高興呀！」

兩名樵夫繼續走啊走的，朝著他們的手指猛吹氣，並且用他們有鐵製鞋底的巨大靴子重重踩著結塊的雪。有一次他們陷入一個很深的雪堆，等到再走出來時，他們一身白，就像是磨坊裡有石磨正在碾磨的工人；還有一次，他們滑倒在沼澤之水凍結成的光滑堅冰上，他們的柴火捆從包袱裡掉出來，他們必須拾起柴火，再重新把它們捆在一起；還有一次，他們以為自己迷路了，巨大的恐懼攫取了他們，因為他們知道雪對於睡在她臂彎裡的那些人很殘酷。不過他們把信任託付到善良的聖馬丁身上，他照看著所有旅人。他們回溯自己的腳步，小心翼翼地前進，終於抵達森林的邊緣，而且看到在他們下方遠處山谷裡，他們居住的村子發出的燈光。

他們得救了，他們對此大喜過望，於是笑出聲來，而在他們看來，土地像是一朵銀花，月亮則像一朵金花。

然而，在他們笑過以後，他們變得悲傷起來，因為他們記起他們的貧困，並且其中一人對另一人說：「既然生命是給富人享受的，而不是給我們這種人的，我們為何還要找樂子呢？我們最好還是凍死在森林裡吧，或者讓某些野獸跳到我們身上，殺死我們。」

「說得是，」他的同伴回答：「某些人得到許許多多，而其他人得到的只有一點點。不義被分配到全世界，除了哀傷以外，沒有任何事物是公平分配的。」

不過在他們為了自己的慘況彼此哀歎的時候，發生了這麼一件奇異的事。從天國落下了一顆非常明亮美麗的星星。它從天際邊緣滑落，一路上經過了其他星星，他們驚奇疑惑地注視著它，而在他們看來，它是沉落到一叢柳樹後面了，這些樹木直挺挺地站在不過一石之遙外的一個小羊圈旁。

「哎呀！那裡有一罈金子，誰找到就是誰的。」他們喊道，然後動身狂奔，他們就是這麼渴望那些金子。

他們其中一人跑得比他的同伴快，超越對方，搶先衝過柳樹叢，並且從另一邊出來，然後，看啊！那裡確實有個金色的東西，躺在白雪之上。於是他匆匆朝它走去，彎下腰來，把手放上去，而它是一件金色織料製作的斗篷，很奇特地裝飾著細緻的星星，而且包了好幾層。他對他的夥伴大喊，說他發現了從天上落下的寶藏，在他的夥伴過來時，他們在雪地裡坐下，鬆開了層層疊疊的斗篷，想著他們可以平分金塊。不過，太可惜啦！裡面沒有黃金，沒有白銀，說真的也沒有任何一種寶藏，只有一個熟睡中的幼小孩子。

然後他們其中一人對另一人說道：「這對我們的希望是個辛酸的結局，我們也不會有任何好運，因為一個小孩對一個男人來說怎麼會有好處呢？咱們把它留在這裡，走我們自己的路吧，既然我們是窮人，又有我們自己的孩子，我們要給他們的麵包可不能給別人。」

但他的同伴這麼回答他：「不，把小孩留在這雪地裡等死是邪惡的事，雖然我跟你一樣窮，又有好幾張嘴要餵，罐子裡也沒多少東西，但我還是會把它帶回我家，我妻子應該會照顧它。」

所以他非常溫柔地抱起那孩子，把那件斗篷裹著它身子，替它遮擋嚴寒，然後走下山到村子裡去，他的夥伴對他的愚昧與心軟大感驚歎。

在他們來到村莊的時候，他的夥伴對他說：「你有那個孩子，那就給我那件斗篷吧，因為這是我們應該分享的收穫。」

但他回答他：「不，因為這件斗篷既不是我的也不是你的，只屬於這個孩子。」然後他祝他一路平安，接著去自己家敲門。

在他妻子開門，看到她丈夫安全回到她身邊時，她伸出雙臂環抱他的頸項，親吻了他，然後從他背上拿下那捆柴火，把雪從他靴子上撥下來，然後招呼他進屋。

但他對她說：「我在森林裡找到某樣東西，我把它帶回來給你照顧。」然後他站在門檻前，動也不動。

「它是什麼？」她喊道：「讓我看看，因為這屋子什麼都沒有，我們卻需要許多東西。」他把斗篷打開，讓她看到那沉睡的孩子。

「哎唷，好人啊！」她嘟噥著：「我們沒有自己的孩子嗎，你非得帶個精靈調換兒回來，坐在火爐旁嗎？而且誰知道它會不會帶給我們厄運？我們要怎麼照顧它？」她對他大發脾氣。

「不知道，但這是個星之子。」他回答了；然後他跟她說了找到它的奇特過程。

但她沒有讓步，反而嘲弄他，然後生氣地開口喊道：「我們的孩子沒有麵包，我們該餵養別人的孩子嗎？誰來照顧我們？誰來給我們食物？」

「不知道，但上帝甚至照顧小麻雀，還餵養牠們。」他回答。

「麻雀在冬天不會死於飢餓嗎？」她問道：「現在不是冬天嗎？」男人什麼話都沒回答，只是站在門檻前動也不動。

然後來自森林的一陣刺骨寒風穿過洞開的門進來，讓她顫抖了，她發著抖，對他說道：「你不關上門嗎？有一陣刺骨寒風吹進屋裡，我冷了。」

「在住著一顆硬心腸的屋裡，吹進來的不總是寒風嗎？」他問道。這女人什麼都沒回答他，只是悄悄更靠近火焰一些。

在一段時間之後，她轉過身去注視著他，她的眼中充滿了淚水。然後他迅速地進來了，把那孩子放進她臂彎裡，而她親吻了它，把它放到一張小床上，他們自己最小的孩子就躺在上面。第二天，樵夫拿起那奇異的金色斗篷，把它放進一個大櫃子裡，還有一條圍在孩子頸項上的琥珀項鍊，他妻子把它拿了下來，接著也放進櫃子裡。

就這樣，星之子跟樵夫的孩子們一起被帶大，跟他們坐在同一塊板子上，而且是他們的玩伴。每過一年，他看起來都變得更加美麗，所以住在那個村莊裡的所有人都滿心驚奇，因為他們皮膚黝黑又是黑髮，他卻像鋸斷的象牙那樣白而細緻，他的捲髮就像一圈圈的黃水仙。他的嘴唇也像一朵紅花的花瓣，他的眼睛則像純水河流旁的紫羅蘭；他的身體像一片長滿白色水仙的田野，割草者不曾來過。

然而他的美麗讓他趨向邪惡。因為他變得驕傲、殘酷，還很自私。樵夫的子女，還有村裡的其他孩童，他都很鄙視，說他們出身平庸，他卻很高貴，是從一顆星星裡跳出來的，並且他讓自己成為他們的主人，說他們是他的僕人。對於窮人，或者那些瞎眼、殘缺、或有任何病痛的人，他沒有憐憫，反而會對他們扔石頭，逼他們走上公路，要他們到別處去乞討他們的麵包，所以除了不法之徒外，沒有人會再度到訪這個村莊乞求施捨。確實，他就像個熱愛美的人，而他會嘲弄弱者跟不討喜的人，拿他們開玩笑；而他愛著他自己，在夏天風停息的時候，他會躺在教士果園裡的水井旁邊，俯視著自己神奇的臉孔，然後為了他從自己的美貌中得到的愉悅，笑出聲來。

樵夫和他的妻子常常斥責他，並且說：「你那樣對待那些被遺棄的人，不給他們任何救濟，我們可沒有像那樣對待你。你為什麼要對所有需要憐憫的人那樣殘酷？」

老教士常常派人去找他過來，設法要教導他對生物的愛，對他說：「蒼蠅是你的兄弟。別傷害牠。在森林中漫遊的野鳥擁有牠們的自由。不要為了你的樂趣設陷阱捕捉牠們。神造出了蛇蜥與鼴鼠，萬物各有其位。你是什麼人，憑什麼把痛苦帶到神的世界來？就連田野中的牲口都讚頌祂。」

然而星之子不去留心他們的話，只會皺起眉頭，輕蔑地嘲笑，然後回到他的同伴們身邊，去領導他們。而他的同伴們追隨他，因為他很美麗，而且腳步輕快，還能夠跳舞，又能吹笛，還會創造音樂。星之子帶領他們去任何地方，他們都追隨，而星之子吩咐他們做任何事，他們都照做。當他把尖銳的蘆葦刺進鼴鼠朦朧的眼睛裡，他們笑出聲來，當他把石頭扔向痲瘋患者，他們也跟著大笑。在所有事情上他都統領著他們，而他們的心腸變得像他一樣硬。

有一天，一個貧苦的乞討婦人經過這個村莊。她的衣著破破爛爛，她的雙腳因為她旅行過的崎嶇道路而流著血，她處於一種非常不幸的困境中。感到疲憊的她，在一棵栗子樹下坐下來休息。

不過，星之子看到她的時候，對他的同伴們說：「看！那裡有個髒兮兮的乞討婦人，坐在那棵長滿綠葉的漂亮大樹下。來吧，咱們把她從那裡趕走，因為她既醜陋又不討人喜歡。」

於是他來到近處，拿石頭丟她，而且嘲弄她，她則望著他，眼中帶著驚恐，而且凝視的目光沒有一刻從他身上移開。原本在附近曬乾草的院子裡劈柴的樵夫，看到星之子在做什麼，跑過去訓斥他，並且對他說：「你肯定是鐵石心腸、不知慈悲待人，這個可憐的女人到底對你做了什麼壞事，你竟然這樣對待她？」

然而星之子氣得滿臉通紅，他用腳頓著地說：「你是什麼人，敢質問我做的事？我不是你的兒子，不必照你的吩咐做事。」

「你說得很真確，」樵夫回答：「但我在森林裡發現你的時候，我憐憫過你。」

這女人聽到這些話的時候，發出一聲響亮的哭喊，昏了過去。樵夫把她帶回自己家裡，他的妻子照顧著她，並且在她從原本落入的暈眩中甦醒時，他們把肉和飲料擺在她面前，要讓她舒服點。

不過她不願吃也不願喝，只對著樵夫說道：「你不是說，那孩子是在森林裡找到的？而且到今天為止，不是已經十年了嗎？」

然後這樵夫回答：「是呀，我就是在森林裡找到他的，而且到今天就十年了。」

「那你在他身邊找到了什麼記號嗎？」她喊道：「他脖子上不是掛著一條琥珀項鍊嗎？他身上不是裹著一件金色布料繡上星星的斗篷嗎？」

「真是這樣，」樵夫回答：「就是你說的這樣。」然後他從放著斗篷與琥珀項鍊的櫃子裡把它們拿出來，展示給她看。

她在看到它們的時候喜極而泣，然後說：「他是我遺落在森林裡的小兒子。我請求你快快把他叫來，為了尋找他，我在全世界流浪。」

於是樵夫和妻子到外面去叫喚星之子，然後對他說：「進屋裡去，你會在那裡找到你的母親，她在等你。」

所以他跑了進去，滿心驚奇與極大的喜悅。但當他看到是她在那裡等待他的時候，他輕蔑地大笑，然後說道：「哎呀，我母親在哪裡啊？因為我在這裡誰都沒看到，只看到這個骯髒的乞討婦人。」

而這女人回答他：「我是你的母親。」

「你這麼說是發瘋了，」星之子憤怒地喊道：「我不是你兒子，因為你是乞丐，而且很醜陋，又穿得破破爛爛。所以你離開這裡吧，別讓我再看到你髒汙的臉。」

「不，你真的是我的小兒子，我在森林裡生下的。」她喊道，然後雙膝落地，朝他伸出手臂。「強盜們把你從我身邊偷走，然後把你留在那裡等死，」她喃喃說道：「但我一看見你就認出你了，我也認得那些記號，金色布料的斗篷還有琥珀項鍊。所以我請求你跟著我來，因為我在全世界流浪，只為了尋找你。跟我來吧，我的兒子，因為我需要你的愛。」

但星之子動也不動地站在原地，只是對著她關上他的心門，那裡聽不見任何聲音，只聽得到這女人痛苦的啜泣聲。

然後他終於對她說話了，他的聲音嚴厲而尖酸。「如果你真是我母親，」他說：「你最好離得遠遠的，別來這裡讓我蒙羞，要知道，我認為我是某顆星星的孩子，而不是像你告訴我的那樣，是乞丐的小孩。所以你離開這裡吧，別讓我再見到你。」

「可歎啊！我的兒子，」她哭喊道：「在我走以前，你不願親我嗎？我為了找你受了這麼多苦。」

「不了，」星之子說：「你真是骯髒到讓人看不得，比起你，我還寧願親吻蝰蛇或蟾蜍。」

於是這女人站起來，痛苦地啜泣著走進森林裡，而星之子看到她走了以後，很高興地跑回他的玩伴旁邊，這樣他就可以跟他們玩了。

不過他們看著他回來時，他們嘲笑他，並且說：「哎呀，你就跟蟾蜍一樣醜，跟蝰蛇一樣討人厭。你離開這裡吧，因為我們不會讓你跟我們一起玩。」然後他們把他趕出了花園。

然後星之子皺起眉頭，對自己說道：「他們對我說這是什麼話？我會到水井邊往裡看，它會把我的美麗告訴我。」

就這樣，他到了水井邊往裡看，看啊！他的臉是蟾蜍的臉，而他的身體有著像蝰蛇一樣的鱗片。他撲倒在草地上啜泣，然後對自己說：「當然了，這種事降臨到我身上，是因為我的罪惡。因為我拒絕了我母親，還把她趕走，而且我還很驕傲，又對她很殘酷。因此我要走遍整個世界去找她，在我找到她以前，我不會停歇。」

然後樵夫的小女兒來到他身邊，她把手放到他肩膀上，說道：「就算你失去了你的清秀美貌又怎麼樣？留在我們身邊，我不會嘲弄你的。」

他對她說：「不，我對我母親很殘酷，做為懲罰，這種壞事才會降臨到我身上。因此我必須離開這裡，在這世界上流浪，直到我找到她，而她也原諒我為止。」

於是他逃進森林裡，呼喚著他母親，要她來到他身邊，但沒有人回應。他一整天都喊著她，然後在太陽西下的時候，他在葉子鋪成的床上躺下來睡覺，鳥獸都從他身旁逃開，因為他們記得他的殘忍，並且他是孤獨的，只有蟾蜍盯著他看，還有行動遲緩的蝰蛇爬過。

在早晨他爬了起來，從樹上拔了些酸苦的莓果來吃，然後尋路穿越廣大的樹林，悲痛地啜泣。對於他遇到的每樣東西，他都問他們是否偶然遇見了他母親。

他對鼴鼠說：「你能潛到土地之下，告訴我，我母親在那裡嗎？」

而鼴鼠回答：「你已經弄瞎了我的眼睛。我怎麼會知道？」

他對赤胸朱頂雀說：「你能飛越高大樹木的樹頂，可以看見整個世界。告訴我，你能看見我母親嗎？」

而赤胸朱頂雀回答：「你為了自己取樂，已經剪了我的翅膀。我要怎麼飛？」

然後對於孤零零住在冷杉木上的小松鼠，他說：「我母親在哪裡？」

而小松鼠回答：「你已經殺死了我母親。你也要設法殺死你母親嗎？」

星之子啜泣著低下頭，祈求得到上帝所造之物們的原諒，然後繼續穿越森林，尋找乞討婦人。在第三天，他來到森林的另一邊，往下走進平原裡。

而在他經過村莊時，孩子們嘲笑他，還對他扔石頭，鄉下農夫甚至不讓他睡在牛棚裡，就怕他可能會讓儲存的穀物發霉；他看起來這麼醜惡，他們的雇工把他趕走，也沒有人同情他。他在任何地方都沒聽說他母親——那個乞討婦人——的消息，雖然在三年的時間裡，他在整個世界流浪，而且常常彷彿看見她在他前方的路上，他會呼喚著她，然後追在她後面，直到尖銳的燧石把他的腳刺出血來。但他無法趕上她，而住在路旁的人總是否認他們見過她或任何像她的人，他們還拿他的哀傷來取樂。

在三年的時間裡，他在全世界流浪，而這個世界對他既沒有愛、沒有關懷仁慈、也沒有施捨善舉，但這就是他在他極其驕傲的日子裡，替自己打造的世界。

然後在一天傍晚，他來到一個矗立在河邊，有著強固城牆的城市大門前，他雖然疲勞又腳痛，還是設法進城了。不過站著守衛的士兵們，把他們的戟放下來擋在出入口，粗魯地對他說：「你到這個城市來幹什麼？」

「我在尋找我母親，」他這麼回答：「而我請求你們讓我通過，因為她可能在這座城市裡。」

但他們嘲弄他，他們之中有一人甩著黑色的鬍鬚，放下他的盾牌喊道：「說實話，你母親看到你的時候不會開心的，因為你比沼澤裡的蟾蜍或在溼地爬行的蝰蛇還醜陋。你走吧，你走吧，你母親不住在這個城市裡。」

而另一人，手中拿著一面黃色旗幟，對著他說：「誰是你母親，還有你為什麼在找她？」

然後他回答：「我母親就像我一樣是個乞丐，而我很惡劣地對待她，我請求你讓我通過，如果她真的在這座城市裡逗留的話，她有可能會原諒我。」不過他們不願答應，還用他們的長矛戳刺他。

就在他啜泣著轉身走開時，有個鎧甲裡鑲嵌著鍍金花朵、頭盔上蹲踞著一隻有翼獅子的人出現了，詢問士兵是誰想進城，然後他們告訴他：「那是個乞丐，也是個乞丐的小孩，我們把他趕走了。」

「不，」他大喊著，笑出聲來：「我們會把這醜陋的東西賣去當奴隸，而他的賣身價錢該等於一碗甜酒的價錢。」

然後一個有著邪惡臉龐的老男人正好路過，他喊了出來，說：「我會出這個價錢來買他。」就在他付了這個價錢以後，他握著星之子的手，把他帶進城市裡。

在他們穿過許多街道之後，他們來到一扇小門前，這扇門裝在一面被石榴樹覆蓋著的牆上。而這老人用一只碧玉雕刻戒指觸碰那扇門，門打開了，然後他們沿著黃銅台階往下走五階，進入一個充滿黑色罌粟與綠色黏土磚罈子的花園。然後這老人接著從他的纏頭巾裡拿出一條有紋飾的絲巾，把它綁起來，蒙住星之子的眼睛，然後趕著星之子走在他前面。當這條絲巾從星之子眼前拿下時，他發現自己在一處地牢裡，一盞牛角燈籠照亮著地牢。

這老人在他面前把一些發霉的麵包放到一塊木板上，然後說：「吃吧。」接著是一些裝在杯子裡、帶著鹹味的水，然後說：「喝吧。」在星之子吃過也喝過以後，老人出去了，把他身後的門鎖上，並且用一條鐵鍊拴住。

然後在第二天，那名老人——他其實是利比亞手法最細緻的魔法師，從某個住在尼羅河畔墓地之中的人那裡學得技藝——進來找他，對他皺著眉頭，然後說：「在這個異教徒城市的大門附近有一片樹林，樹林裡有三個金塊。一塊是白金，另一塊是黃金，第三塊則是紅金。今天你要帶回那塊白金給我，要是你沒帶它回來，我會在你身上打出一百道條紋。快點出發，日落的時候我會在花園門口等你。你要設法把白金帶回來，要不然你就倒大楣了，因為你是我的奴隸，我用一碗甜酒的價錢買下你的。」

而他用有紋飾的絲巾把星之子的眼睛蒙起來，帶著他穿過房屋，再穿過罌粟花園，然後走上五個黃銅台階。在用他的戒指打開那扇小門以後，他把他放到街上去。

然後星之子走出了城門，來到魔法師對他講到的樹林。

說到這片樹林，這時從外面看來非常優美，似乎充滿了鳴鳥與氣味香甜的花朵，星之子高興地走了進去。然而它的美對他沒什麼益處，因為他無論走到哪裡，都有野玫瑰跟棘刺從地面抽長出來包圍他，還有惡毒的蕁麻刺痛他，薊花用她的匕首刺穿他，以至於他痛苦難耐。雖然他從早上找到中午，又從中午找到日落，但到處都找不到魔法師講到的那塊白金。到了日落時，他面向家的方向，痛苦地啜泣，因為他知道等著他的是什麼樣的命運。

不過在他抵達樹林邊緣的時候，他從一處灌木叢裡聽到一聲哭喊，像是有人在忍受痛苦。於是他忘記了自己的悲哀，跑回那個地方，看到那裡有隻小野兔被困在某個獵人為牠設置的陷阱裡。

星之子憐憫牠，釋放了牠，並且對牠說：「我自己不過是個奴隸，但願我能把你的自由給你。」

野兔回答他，說：「當然，你已經給了我自由，而我該給你什麼回報呢？」

星之子對牠說：「我在找一塊白金，我到處都找不到它，我如果沒把它帶回去給我的主人，他就會打我。」

「你跟我來，」野兔說：「我會帶你去找它，因為我知道它藏在哪裡，而且是為了什麼目的。」

於是星之子跟著野兔走，然後，看啊！在一棵巨大橡樹的裂隙裡，他看到他在找的那塊白金。他滿心喜悅，拿走了它，並對野兔說：「我對你的服務已經得到好幾倍的回饋，我對你展現的仁慈已經得到一百倍的酬報。」

「不，」野兔回答：「是因為你如此對待我，我也這樣對待你。」然後牠輕快地跑走了，星之子則走向城市。

這時，在城門口坐著一個痲瘋病患。他臉上蒙著灰色亞麻布做的煙囪帽，只透過眼孔露出雙眼，而他的眼睛像紅色炭火那樣閃閃發光。當他看到星之子走近時，敲著一個木碗，搖響他的鈴鐺，然後呼喚著星之子，說道：「給我一塊錢吧，要不然我一定會餓死。因為他們把我推出了城市之外，而且沒有人憐憫我。」

「唉呀！」星之子喊道：「我錢包裡只有一塊錢，而要是我沒把它帶去給我的主人，他就會打我，因為我是他的奴隸。」

但痲瘋病患懇求他、請求他，直到最後星之子起了憐憫之心，給他那塊白金。

當他來到魔法師的房子時，魔法師為他開門，把他帶進屋，對他說：「你有那塊白金嗎？」星之子回答：「我沒有。」於是魔法師撲向他，打他一頓，在他面前放下一塊空木板，然後說：「吃吧。」接著放下一個空杯，說：「喝吧。」然後再度把他丟進地牢裡。

第二天，魔法師來到他身邊，說道：「如果今天你不帶給我那塊黃金，我肯定會留著你當我的奴隸，還要在你身上多加三百道條紋。」

於是星之子去了樹林，一整天都在尋找那塊黃金，但到處都找不到。到了日落，他坐下來開始啜泣。就在他啜泣時，他從陷阱裡救出的那隻小野兔來到他身邊。

那野兔對他說：「你為何哭泣？你在樹林裡尋找什麼？」

星之子回答：「我在找一塊藏在這裡的黃金，要是我沒找到，我的主人會打我，還會留著我當奴隸。」

「跟我來。」野兔喊道，然後牠奔跑著穿過樹林，直到牠來到一處水池為止。而在池底，就躺著那塊黃金。

「我該如何感謝你？」星之子說：「因為你看啊！這是你第二次救助我了。」

「不，是你先憐憫我的。」野兔說，然後牠輕快地跑走了。

星之子拿起那塊黃金，把它放進他的錢包裡，然後匆匆走向城市。那痲瘋病患看到他來了，跑過去迎接他，然後跪下來哭道：「給我一塊錢吧，不然我會餓死的。」

星之子對他說：「我錢包裡只有一塊黃金，我要是沒把它帶回去給我的主人，他會打我，還會留著我當他的奴隸。」

不過痲瘋病患痛苦地懇求他，所以星之子對他起了憐憫之心，給他那塊黃金。

當他來到魔法師的房子時，魔法師為他開門，把他帶進去，對他說：「你有那塊黃金嗎？」星之子對他說：「我沒有。」於是魔法師撲向他，打了他，把鎖鏈加諸於他，然後再度把他投入地牢。

隔天，魔法師來到他身邊，並且說：「如果今天你把那塊紅金帶回給我，我會放你自由，不過如果你沒把它帶回來，我肯定會殺了你。」

於是星之子走向樹林，一整天都在找那塊紅金，但他到處都找不到。到了傍晚，他坐下來啜泣，而在他啜泣的時候，小野兔來到他身邊。

野兔對他說：「你在尋找的那塊紅金，是在你背後的洞窟裡。所以別哭泣了，開心起來吧。」

「我該怎麼回報你？」星之子喊道：「因為你看啊！這是你第三次救助我了。」

「不，是你先憐憫我的。」野兔說道，然後牠輕快地跑走了。

然後星之子就走進洞窟，而在洞窟最遙遠的角落裡，他找到一塊紅金。所以他把它放進他的錢包裡，然後匆匆趕回城市。而那痲瘋病患看他來了，就站在路中央，哭喊出來，對他說：「給我那塊紅金吧，否則我一定會死。」星之子再度對他起了憐憫之心，給他那塊紅金，同時說道：「你的需要比我還大。」然而他的心很沉重，因為他知道等待著他的是什麼樣的惡劣命運。

可是，看啊！在他通過城門的時候，衛兵們躬身向他敬禮，同時說道：「我們的主人多麼美麗！」還有一群市民跟隨著他，並且喊道：「當然了，全世界沒有人這麼美麗！」以至於星之子啜泣起來，對自己說道：「他們在嘲弄我，看輕我的淒慘處境。」但匯流的人群這麼一大片，讓他迷失了自己的路途，最後發現自己置身一個大廣場上，某位國王的宮殿就在那裡。

然後宮殿的大門打開了，這座城市的教士與高官們跑上前來迎接他，他們還在他面前卑躬屈膝，說道：「你是我們一直在等待的主人，國王之子。」

星之子回答他們，說：「我不是國王之子，而是一個窮苦乞討婦人的孩子。還有你們怎麼會說我是美麗的？因為我知道我看起來很醜惡。」

然後他——鎧甲上鑲嵌著鍍金花朵、頭盔上蹲踞著一隻有翼獅子的人——舉起一面盾牌，然後喊道：「誰說我的主人不美麗？」

星之子定睛一看，看啊！他的臉就像過去一樣，他的清秀美貌已經回到他身上，而他在他眼睛裡看見過去從未看見的東西。

然後教士與高官們跪下來，對他說：「這是個古老的預言，即將統治我們的人會在今天來到。因此，讓我們的主人接下這頂王冠與這把權杖，然後以他的正義與慈悲，做我們的王。」

不過他對他們說：「我不配，因為我拒絕了生我的母親，直到我找到她、得到她的原諒以前，我不得休息。所以讓我走吧，因為我必須再度流浪全世界，不能在此逗留，雖然你們為我帶來了王冠與權杖。」他說話時，在他們面前別過臉，朝著通往城門的街道，然後看啊！擠在士兵們周圍的群眾之中，他看到了是他母親的那個乞討婦人，而那個曾經坐在路邊的痲瘋病人，就站在她旁邊。

他唇邊迸發一聲喜悅的吶喊，他跑了過去，然後跪倒在地，親吻著他母親腳上的傷口，以他的眼淚潤溼了它們。他把頭低垂在塵土裡，並且啜泣著，就像一個心可能會碎裂的人一樣，他對她說：「母親，我在我驕傲的時候拒絕過你。請在我謙卑的時刻接納我。母親，我給過你憎恨。請你給我愛。母親，我拒絕過你。現在請接納你的孩子。」但乞討婦人沒有回答他一個字。

然後他伸出他的雙手，握住那痲瘋病人白色的腳，對他說道：「我三度給你我的慈悲。請讓我母親對我說一次話吧。」但痲瘋病人沒有回答他一個字。

然後他再度啜泣起來，並且說：「母親，我的苦難比我能忍受的更大。給我你的原諒，然後讓我回到森林裡吧。」然後這乞討婦人把她的手放在他頭上，接著對他說道：「起身。」隨後痲瘋病人把他的手放到他頭上，接著也對他說道：「起身。」

而他站起身，然後注視著他們，看啊！他們是一位國王與一位王后。

然後王后對他說：「這是你父親，你曾經救助過的人。」

然後國王說：「這是你母親，你曾用你的眼淚洗她的腳。」

然後他們抱住他的脖子，親吻了他，把他帶進宮殿裡，讓他穿上美麗的衣裳，然後把王冠放在他頭上，把權杖放進他手裡，那個矗立在河流旁邊的城市就歸他統治，他是它的主人。他對所有人展現出許多的正義與慈悲，而他放逐了那個邪惡的魔法師，他送給樵夫與他的妻子許多豐厚的禮物，給他們的孩子們極高的榮譽。他也不會忍受任何對鳥獸的殘酷行為，而是教導愛、關懷仁慈與施捨善舉，他給窮人麵包，給赤裸之人衣裳，而在這片土地上，有的是和平與富足。

然而他的統治並不長，他受過的苦難太大，試煉他的火焰太痛苦，他在三年之後就去世了。而在他之後的那個人，統治得很邪惡。

漁夫與他的靈魂

每天傍晚，年輕的漁夫都會出海，把他的網撒進水裡。

在風從內陸吹來的時候，他什麼都抓不到，或者頂多抓到一點點，因為那是冰冷刺骨又有黑色羽翼的風，狂暴的波浪會升起來迎向它。但在風吹向海岸的時候，魚就會從深海中來到，游進他的漁網網眼裡，然後他就會把牠們帶去市場賣掉。

每天傍晚他都會出海，而有一天傍晚，漁網沉重得不得了，他幾乎無法把它拉進船裡。他笑了出來，對自己說：「我肯定是把所有在游泳的魚都抓起來了，或是捕捉到某隻將會讓人驚歎不已的遲鈍怪物，或是偉大的女王會想要的某種恐怖玩意兒。」接著他就使出全身的力氣，拉著粗糙的繩索，直到他手臂上長長的靜脈都隆起，就像一只青銅花瓶周圍的藍色琺瑯線條一般。他拉著細繩，扁平軟木做成的圈子靠得愈來愈近，然後漁網終於從水面升起。

不過網子裡完全沒有魚，也沒有怪物或恐怖的玩意兒，只有一隻小美人魚躺在那裡熟睡著。

她的頭髮是潮溼的金羊毛，而每一條髮絲，都像是一只玻璃杯裡的一條細緻金線。她的身體就像白色的象牙，她的尾巴則是銀子與珍珠做的。銀子與珍珠就是她的尾巴，綠色的海草就蜷曲在尾巴周圍；她的耳朵有如海貝，她的嘴唇就像海珊瑚。冰冷的海浪沖刷著她冰冷的胸脯，而她眼皮上的鹽閃閃發光。

她太美麗了，所以年輕漁夫看見她的時候滿心驚異，接著他伸出手，把網子拉近他，然後俯身到她旁邊，把她緊扣在他臂彎裡。在他觸碰她的時候，她發出一聲像是受驚海鷗的叫喊，醒了過來，用她淺紫水晶色的眼睛驚恐地注視著他，還掙扎著想讓自己可以逃跑。不過他緊抱著她，不願讓她離開。

當她看出她不可能逃離他的時候，她開始啜泣，然後說道：「我請求你讓我走，因為我是一位國王的獨生女，我的父親年老又孤獨。」

但年輕漁夫回答：「我不會讓你走，除非你向我承諾，每次我叫喚你的時候，你都會來對我唱歌，因為魚群樂於聆聽海民們的歌，這樣我的漁網就會收穫滿滿。」

「如果我答應你這件事，你真的會讓我走？」人魚喊道。

「我真的會讓你走。」年輕漁夫說。

所以她照他想要的那樣給他承諾，用海民的誓詞發了誓。然後他鬆開他環抱著她的手臂，她往下潛入水裡，因為一種奇異的恐懼而全身顫抖。

每天傍晚年輕漁夫都出海去，然後呼喚美人魚，而她就會從水中升起，對他唱歌。海豚們圍著她一圈又一圈地泅泳，野生海鷗也在她頭上盤旋打轉。

她唱著一首神奇的歌。因為她歌頌海民把他們的牲畜從一個洞窟趕到另一個，還把幼獸扛在他們肩膀上；歌頌有綠色長鬍鬚與多毛胸膛的川頓們，在國王經過時會吹著螺旋狀的海螺；歌頌國王全用琥珀打造的宮殿，有著以清澈祖母綠做的屋頂，還用明亮珍珠做的步道；歌頌海中的花園，在那裡，有巨大浮水印的珊瑚扇整天揮動，魚就像銀色小鳥那樣到處猛衝，海葵緊黏著岩石，石竹在有著稜紋的黃沙上萌芽。她歌頌從北海來的大鯨魚，牠們的鰭上掛著尖銳的冰柱；歌頌海妖說的事太過神奇，以至於商人們必須用蠟封住他們的耳朵，以免他們聽見她們後躍入水中溺斃；歌頌有著高高桅杆的沉沒槳帆船，凍結的水手還緊抓著索具，還有鯖魚從敞開的舷窗游進游出；歌頌小藤壺是偉大的旅行家，黏著船的龍骨，一圈又一圈地環遊世界；歌頌住在峭壁側面的墨魚，伸展牠們長長的黑色手臂，只要牠們想要，就可以讓黑夜來臨。她歌頌鸚鵡螺有一艘屬於她自己的船，是用一塊蛋白石雕成的，以絲做的船帆操縱方向；歌頌快樂的男人魚們彈奏豎琴，可以把大克拉肯[27]迷到睡著；歌頌孩子們抓住滑溜溜的鼠海豚，笑著騎在牠們背上；歌頌美人魚們躺在白色的泡沫裡，對著海員伸出她們的手臂；也歌頌海獅跟牠們彎曲的長牙，還有海馬跟牠們漂浮著的鬃毛。

當她唱歌的時候，所有鮪魚都從深海裡出來聆聽，年輕漁夫就把他的網子撒到牠們周圍，抓住了牠們，其他的魚他則用魚叉叉中。在他的船滿載漁獲的時候，美人魚會沉進海裡，對著他微笑。

然而她絕不會太靠近，以免讓他碰觸到她。他常常呼喚她又請求她，但她不願意；在他試著想抓住她的時候，她就潛入水裡，就像海豹下潛時可能會有的模樣，而且那一天他也不會再看到她。每過一天，她的聲音在他耳中都變得更甜美。她的聲音太甜美了，以至於他忘了他的漁網與他的狡詐，也不顧他的技藝了。有著朱紅色魚鰭與霸氣金眼的鮪魚成群經過，但他沒去注意牠們。他的魚叉擱置在他身旁，他的編織柳條籃空無一物。他張著嘴，在驚歎中眼神矇矓，懶洋洋地坐在他船裡聆聽，聽到海

27 克拉肯（Kraken）：北歐傳說中在挪威與冰島一帶出沒的大海怪，看起來像大章魚或烏賊。

中的霧氣悄悄圍繞住他，漫遊的月亮為他棕色的肢體染上銀色。

一天傍晚他呼喚她，然後說道：「小美人魚，小美人魚，我愛你。把我當成你的新郎吧，因為我愛你。」

但美人魚搖搖頭。「你有人類的靈魂，」她回答：「只要你願意送走你的靈魂，我就可以愛你了。」

年輕漁夫對自己說道：「我的靈魂對我有什麼用？我看不到它。我不能碰它。我不認識它。我當然會把它從我身邊送走，然後許多喜悅就會屬於我。」他唇邊迸發出一聲喜悅的叫喊，站在上了漆的船上，他對著美人魚伸出雙臂。「我會把我的靈魂送走，」他喊道：「然後你就會是我的新娘，我會是你的新郎，我們會一起住在大海深處，你唱過的所有一切你都會展示給我看，你想要的一切我都會照做，我們的生命不會分離。」

小美人魚愉悅地笑了，把她的臉藏在雙手裡。

「但我要怎麼把靈魂從我身上送走？」年輕漁夫喊道：「跟我說我可以怎麼做，然後看啊！我就會做到。」

「唉呀！我不知道，」小美人魚說：「海民沒有靈魂。」然後她下沉到深處，留戀地看著他。

第二天一大早，太陽在山丘上方的高度還沒超過一個男人的手掌幅度以前，年輕漁夫就去了神父的家，在門上敲了三下。

見習修士透過邊門往外看，他看到來人是誰時，拉開門閂對他說：「進來吧。」

年輕漁夫進來了，然後跪倒在地板上帶著甜味的燈心草蓆上，對著正在朗讀聖經內容的神父哭喊，對他說：「神父啊，我愛上了海民中的一員，而我的靈魂在阻撓我實現我的欲望。告訴我，我如何能夠把我的靈魂從我身上送走，因為說真的我不需要它。我的靈魂對我有什麼價值？我看不到它。我不能碰它。我不認識它。」

神父捶著他的胸口，回答道：「不好了，不好了，你瘋了，或是吃了某種有毒的藥草，因為靈魂是人身上最高貴的部分，是神賜給我們的，我們應該高貴地運用它。沒有任何事物比人類的靈魂更珍貴了，也沒有任何塵世之物可以與它相提並論。它值得世界上所有的黃金，比諸王的紅寶石更寶貴。所以，我的孩子，別再想這種事了，因為這是個無法寬宥的罪惡。至於海民，他們已經沒救了，會跟他們交流的人也沒救了。他們是田野中的活物[28]，無法分辨善惡，上主不曾為他們而死。」

年輕漁夫聽到神父激烈的話語時，他的眼睛裡充滿淚水，然後從跪姿起身，對神父說：「神父，半人羊住在森林裡，快快樂樂的，而男人魚坐在岩石上，拿著他們用紅金做成的豎琴。讓我像他們一樣，我懇求你，因為他們的日子如同繁花的日子。至於我的靈魂，如果它阻擋在我與我所愛的事物中間，對我有何裨益？」

「肉體之愛是卑下的，」神父喊道，他的眉頭打結了：「而在上帝容忍之下，在祂的世界裡漫遊的那些異教玩意，既卑下又邪惡。林地裡的半人羊該被詛咒，海裡的歌手也該被詛咒！我在夜裡聽到過他們，他們設法誘惑我遠離我的念珠。他們敲著窗戶，然後大笑。他們對著我的耳朵悄悄說著他們那些危險喜悅有關的故事。他們用種種誘惑來勾引我，還在我要祈禱時對我擠眉弄眼。他們沒救了，我告訴你，他們沒救了。對他們來說沒有天堂也沒有地獄，無論在哪一處，他們都不會讚頌上帝之名。」

28 這是聖經用語，出自《創世記》第三章：「耶和華神所造的，惟有蛇比田野一切活物更狡猾。」

「神父啊，」年輕的漁夫喊道：「你不知道你在說什麼。有一次我的漁網抓到了一位國王的女兒。她比晨星還美麗，比月亮還潔白。為了她的身體，我願意獻出我的靈魂，為了她的愛，我願意犧牲天堂。把我問你的事情告訴我，讓我平靜地走吧。」

「走開！走開！」神父喊道：「你的愛人沒救了，而你會跟她一起墮落。」他沒有給他任何祝福，只是把他趕出門。

年輕漁夫往下走進了市場裡，而他走得很緩慢，還低著頭，就像哀傷的人那樣。當商人們看到他來的時候，他們開始彼此耳語，其中一人走過來迎接他，喊著他的名字，對他說：「你有什麼可賣的？」

「我會把我的靈魂賣給你，」他回答：「我請求你把它從我身上買走，因為我厭倦它了。我的靈魂對我有什麼用？我看不到它。我不能碰它。我不認識它。」

不過商人們取笑他，而且說道：「一個男人的靈魂對我們有什麼用？它連剪下來的一小塊銀子都不值[29]。把你的身體賣給我們做奴隸，我們就會替你穿上海洋紫色的

29 這是一種古老的偽幣製造法：從錢幣外圍剪下一小圈，剪下來的小塊金屬累積起來，可以做成另一枚錢幣。

衣服，在你手指上套上一枚戒指，讓你成為偉大女王的奴才。但別談靈魂了，對我們來說它什麼也不是，對我們的服務來說也毫無價值。」

年輕漁夫對自己說道：「這是多麼奇怪的事情！神父告訴我，靈魂的價值抵得過全世界所有的黃金，商人則說它連一小片剪下的銀子都不值。」然後他走出了市集，往下走到海岸邊，開始沉思他應該做什麼。

而在中午，他記起他的其中一位同伴，一個採集海蓬子[30]的人曾經告訴他，有位年輕的女巫住在海灣前端的一個洞窟裡，她的巫術非常精巧熟練。在他動身跑過去的時候，因為他太急於擺脫他的靈魂，當他加速繞過海岸的沙地時，他背後揚起一道塵土雲。年輕女巫從她發癢的手心就知道他要來了，然後她笑著放下她的紅髮。她的紅髮在她身體周圍落下，她站在洞窟開口處，而她手中有一把正在開花、狀如飛沫的野生毒芹。

30 又稱海蘆筍，是一種生長在海邊的多肉植物。

「你缺什麼？你缺什麼？」在他喘著氣來到峭壁上，並且在她面前彎下腰的時候，她喊道：「在逆風的時候，想讓你的網子裡有魚嗎？我有一隻小小的蘆笛，在我吹它的時候，鯡魚就會游進海灣。不過這有代價的，漂亮的男孩，這有代價。你缺什麼？你缺什麼？缺一陣摧毀船隻、然後把豐富的藏寶箱吹上岸的風暴嗎？我擁有的風暴比風擁有的還多，因為我服事的是比風更強的人，用一個篩子跟一桶水，我可以把一艘艘大槳帆船送進海底。不過我要代價，漂亮的男孩，我要代價。你缺什麼？你缺什麼？我知道有一種長在山谷裡的花，除了我沒人知道它。它有紫色的葉子，它的中心有顆星星，它的汁液白得像是牛奶。要是你用這朵花碰了王后冷酷無情的嘴唇，她就會跟隨你走遍全世界。她會從國王的床上起身，而且走遍整個世界她都會跟隨你。而這有代價，漂亮的男孩，這有代價。你缺什麼？你缺什麼？我可以把一隻蟾蜍放在研缽裡搗碎，然後用牠做成清湯，再用死人的手攪拌那碗清湯。在你的仇敵睡覺時，把它灑在他身上，然後他就會變成一隻黑色毒蛇，他自己的母親會殺死他。用一隻輪子我可以把月亮從天上拉下來，用一塊水晶我可以讓你看見死神。你缺什麼？你缺什麼？告訴我你的欲望，我會把它交給你，而你會付給我一筆代價，漂亮的男孩，你會付給我一筆代價。」

「我欲求的只是一件小事，」年輕漁夫說：「然而神父對我怒不可遏，把我趕走了。就只是為了一件小事，商人們就嘲笑我，還拒絕我。因此我來到你這邊，雖然別人說你邪惡，而不管你要的代價是什麼，我都會付。」

「你想要什麼？」女巫走近他，這麼問道。

「我想要把我的靈魂從我身上送走。」年輕漁夫回答。

女巫變得蒼白，她打著冷顫，而且把她的臉藏在她藍色的斗篷裡。「漂亮男孩，漂亮男孩，」她嘟噥著說：「做這種事情很恐怖。」

他甩了一下他棕色的捲髮，然後笑了。「我的靈魂對我來說毫無意義，」他回答：「我看不到它。我不能碰它。我不認識它。」

「如果我告訴你怎麼做，你會給我什麼？」女巫問道，同時用她美麗的眼睛俯視著他。

「五塊金子，」他說：「還有我的漁網，還有我住的籬笆條房子，還有我航行用的上漆小船。只要告訴我怎麼擺脫我的靈魂，我就會給你我擁有的一切。」

她對他發出嘲弄的大笑，然後用那一把飛沫似的毒芹打他。「我可以把秋葉變成黃金，」她回答：「如果我想，我還可以把蒼白的月光編織成銀。我服事的『他』，比這個世界所有的國王更富有，還擁有他們的領地。」

「那麼我能給你什麼，」他喊道：「如果你的代價既不是金也不是銀？」

女巫用她白而細瘦的手撫摸著他的頭髮。「你必須跟我跳舞，漂亮男孩。」她喃喃說道，而在她說話的時候，她對著他微笑。

「就這樣，沒別的？」年輕漁夫驚奇地喊道，他站了起來。

「就這樣，沒別的。」她回答，然後她再度對他微笑。

「然後在日落時分，在某個祕密地點，我們會一起跳舞，」他說：「而在我們跳過舞以後，你就會把我想要知道的事情告訴我。」

她搖搖頭。「在月圓時，在月圓時。」她嘟噥道。然後她仔細觀察四周，然後聆聽。一隻青鳥從牠的巢穴裡尖叫著飛起，在沙丘上繞著圈子，還有三隻長著斑點的鳥窸窣穿過粗糙的灰色草地，對彼此悠然囀鳴。除了一道波浪磨蝕著底下光滑卵石的聲音以外，沒有別的聲音。所以她伸出她的手，拉著他靠近她，然後用她乾燥的嘴唇貼近他的耳朵。

「今晚你必須來到山頂，」她悄聲說道：「今天是女巫安息日，『他』會在那裡。」

年輕漁夫嚇了一跳，然後注視著她，而她露出她潔白的牙齒笑了出來。「你說的『他』是誰？」他問道。

「這不重要，」她回答：「你今晚去吧，然後站在角樹的樹枝下，等著我來。如果有隻黑狗朝你跑過去，就用一根柳條打牠，牠就會走了。如果有隻貓頭鷹對你說話，別回答牠。月圓的時候我就會跟你會合，然後我們會一起在草地上跳舞。」

「不過你會對我發誓，告訴我能夠如何把我身上的靈魂送走吧？」他這麼提問。

她往外走進日光裡，風穿過她的紅髮，激起一波波漣漪。「我以山羊蹄發誓。」她這麼回答。

「你是女巫中最好的，」年輕漁夫喊道：「我今晚肯定會在山頂跟你一起跳舞。要是你先前要求我給金子或銀子，我也真的會給你。不過既然你要的代價是這樣，你就會擁有，因為這不過是件小事。」然後他對她脫帽致敬，深深低下他的頭，然後滿心歡喜地跑回鎮上去。

女巫注視著他離去。在他脫離她視線的時候，她走進她的洞窟，從一個雪松木雕成的箱子裡拿出一面鏡子，把它架在一個架子上，然後在它前方用點燃的木炭燃燒馬鞭草，接著凝望著裊裊煙圈。在一段時間以後，她憤怒地握起雙拳。「他本來應該是我的，」她嘀咕著：「我跟她一樣美麗。」

那天傍晚，在月亮升起的時候，年輕漁夫爬到山頂上，站在角樹的樹枝下。圓形的海躺在他腳邊，就像個磨亮的金屬盾牌，漁船的影子在小小的海灣裡移動。一隻大貓頭鷹，有著硫礦色的黃眼睛，用他的名字叫喚他，但他沒回答牠。一隻黑狗奔向他，然後嚎叫起來。他用柳條打牠，牠就哀鳴著跑掉了。

在午夜，女巫們像蝙蝠似地飛翔著穿過空中。「呼！」她們在觸地的時候喊著：「這裡有某個我們不認識的人！」她們到處嗅聞著，並且彼此閒談，做著種種手勢。所有人當中最晚到的是那個年輕女巫，她的紅髮在風中飄蕩流動。她穿著一件金色織料做的連身裙，上面繡著孔雀眼，她頭上還有一頂小小的綠色天鵝絨帽。

「他在哪裡？他在哪裡？」女巫們看見她的時候尖叫著，但她只是大笑，然後奔向角樹，她拉著漁夫的手，領著他走進月光裡，然後開始跳舞。

他們旋轉了一圈又一圈，而年輕的女巫跳得這麼高，他都可以看見她緋紅色的鞋跟了。然後就在舞者們的對面，出現了一匹馬奔跑的聲音，不過哪裡都看不到馬，而他覺得害怕了。

「快一點！」女巫喊道，用雙臂環繞住他的脖子，他臉上感覺到她火熱的呼吸。「快一點，快一點！」她叫喊著，地面似乎在他腳下旋轉，而他的腦袋變得很混亂，一股極大的恐懼降臨到他身上，就好像有某種邪惡的東西正在注視著他，而他終於開始察覺到，在一塊岩石的陰影之下，有個先前不在那裡的人影。

那是個男人，穿著一席西班牙式剪裁的黑色天鵝絨西裝。他的臉蒼白得奇怪，不過他的嘴唇像是一朵驕傲的紅花。他似乎很疲憊，而且正把身體往後靠，態度懶散地玩弄著他匕首手柄末端的圓頭。在他身邊的草地上擺著一頂有羽毛裝飾的帽子，還有一副騎馬手套，上面有鍍金蕾絲做的護手裝飾，還縫上了米粒珍珠，做成一種奇異的設計。一件邊緣縫著貂毛的短斗篷從他肩頭垂下，而他細緻潔白的雙手有幾枚戒指做為點綴。厚厚的眼皮垂下來，蓋住了他的眼睛。

年輕漁夫注視著他，就像被一個咒語迷住的人。他們終於四目相望，而不管他跳到哪裡，他都覺得那男人的眼睛似乎落在他身上。他聽到女巫大笑，就抓著她的腰，讓她瘋狂地轉了一圈又一圈。

突然間有隻狗在樹林裡狂吠，跳舞的人們停下來，兩兩成對走過去，跪下來親吻那男人的雙手。在他們這麼做的時候，一抹小小的微笑觸及了他驕傲的雙唇，就像一隻鳥的翅膀觸碰到水，讓水笑了出來，但其中有著輕蔑。他一直看著年輕的漁夫。

「來吧！讓我們來敬拜。」女巫悄聲說道。她領著他上前，而按照她的懇求行事的強烈欲望攫取了他，他跟著她去了。但在他走近時，他在自己胸前畫了個十字，並且呼喚著聖名，雖然他根本不知道自己為何這麼做。

他才這麼做完，女巫們就像鷹隼似地尖叫著逃開了，而那張一直注視著他的蒼白臉孔，隨著一陣痛苦的痙攣抽搐著。那男人走向一小片樹林，吹了聲口哨。一匹身上有銀馬飾的西班牙小馬奔跑過來與他會合。在他跳上馬鞍的時候，他轉過身來，哀傷地看著年輕漁夫。

那紅髮女巫也企圖逃跑，但漁夫抓住了她的手腕，而且緊抓著她不放。

「放開我，」她喊道：「讓我走吧。因為你說了不該被提起的名字，還做了不能被看到的記號。」

「不，」他回答：「在你告訴我那個祕密以前，我不會讓你走的。」

「什麼祕密？」女巫一邊說，一邊像隻野貓似地跟他扭打，還咬著她沾上斑駁白沫的嘴唇。

「你知道的。」他這麼回答。

她草綠色的眼睛因為淚水而變得朦朧，然後她對漁夫說道：「問我什麼都好，就別問這個！」

他笑出聲來，只是把她抓得更緊。

當她看出她不可能自行掙脫以後，她對他悄聲說道：「我肯定跟海的女兒們一樣美麗，也跟住在藍色水域裡的那些人一樣可愛。」接著她裝可憐討好他，把她的臉靠近他的。

不過他皺著眉把她往後推，然後對她說：「如果你不遵守你對我的承諾，我就會殺了你，因為你是個不誠實的女巫。」

她變得灰敗如猶大樹[31]的花，還打著寒顫。「就這樣吧，」她嘟噥道：「這是你的靈魂，不是我的。你想怎麼對它就隨你了。」然後她從她的緊身束腰裡拿出一把有綠色蝰蛇皮手柄的小刀，交給了他。

「這對我有什麼用？」他納悶地問她。

她沉默了一會兒，臉上出現一種恐懼的表情。接著她把頭髮從前額往後撥開，露出奇異的微笑，對他說：「人所謂的身體的影子，並不是身體的影子，而是靈魂的身體。你站在海岸上，背對著月亮，然後把你的影子從你雙腳周圍割開——那就是你的靈魂的身體——然後叫你的靈魂離開你，它就會照做。」

年輕漁夫顫抖著。「這是真的嗎？」他喃喃說道。

「這是真的，而我寧願我沒告訴過你這件事。」她喊道，然後抓著他的膝蓋啜泣起來。

31 猶大樹（Judas tree）正式名稱是南歐紫荊，傳說中猶大出賣耶穌後在這種樹下上吊自殺，此樹原本開的白花因為感到羞恥而變成紫紅色。不過南歐紫荊其實有開粉紫色與白色花朵的不同品種。

他把她推開，然後把她留在茂盛的草叢中。在走向山的邊緣時，他把那把刀放在他腰帶裡，開始往下爬。

他體內的靈魂呼喚著他，說道：「嘿！這些年來我都一直跟你在一起，也一直是你的僕人。現在別把我從你身上趕走，我對你做過什麼壞事嗎？」

年輕漁夫笑了。「你沒對我做過壞事，但我不需要你，」他回答：「這世界很廣大，還有天堂與地獄，以及介於兩者之間的黯淡薄暮之屋。你想去哪裡就去哪裡，但別來煩我，因為我的愛人在呼喚我。」

他的靈魂可憐兮兮地懇求他，但他根本不理睬它，只是在峭壁之間跳躍，腳步穩健得像隻野山羊，最後他總算抵達平地和大海的黃色海岸上。

他有古銅色的四肢與結實的身體，就像希臘人做的雕像似的。他站在沙地上，背對著月亮，而從泡沫裡伸出的白色手臂在招引著他，還有模糊的形影從波浪中升起，在對他致敬。他的影子躺在他前方，那是他靈魂的身體，而在他後方，月亮掛在蜂蜜色的空中。

他的靈魂對他說：「如果你真的要把我從你身上趕走，別讓我沒帶一顆心就被送走。世界是殘酷的，給我你的心，讓我帶著走。」

他的頭一揚，露出微笑。「要是我給你我的心，我要用什麼來愛我的愛人？」他喊道。

「不，請發發慈悲吧，」他的靈魂說：「給我你的心，因為這世界非常殘酷，而我很害怕。」

「我的心屬於我的愛人，」他回答：「所以別耽擱了，你走吧。」

「我不也應該能夠愛人嗎？」他的靈魂問道。

「你走吧，因為我不需要你。」年輕漁夫大喊，然後他拿著那把有綠色蝰蛇皮手柄的小刀，從他的雙腳周圍切開了他的影子，然後它起身站在他面前，注視著他，而它就跟他自己一模一樣。

他悄悄後退，把刀插回他腰帶裡，此時一股敬畏感襲捲了他。「你走吧，」他嘟噥道：「還有，別讓我再看到你的臉了。」

「不，我們必須再見面。」靈魂說道。它的聲音低沉而像是笛聲，而它說話時嘴唇幾乎不動。

「我們要怎麼見面？」年輕漁夫喊道：「你不會跟著我到海洋深處吧？」
「每年我會來這個地方一次，並且呼喚你，」靈魂說：「你有可能會需要我。」
「我怎麼會需要你呢？」年輕漁夫喊道：「不過就順你的意吧。」然後他直接跳進水裡，川頓們吹響了他們的號角，小美人魚浮起來跟他相會，並且伸出手臂環抱著他的頸項，親吻他的嘴。

靈魂站在孤寂的海灘上，注視著他們。然後在他們沉入海中的時候，它啜泣著穿過沼澤離開。

在一年結束之後，靈魂來到海岸旁，呼喚著年輕漁夫，他從深海浮出，然後說：「你為什麼呼喚我？」
靈魂回答：「靠近一點，好讓我能跟你說話，因為我見識過種種神奇的事物。」
於是他靠近了些，躺在淺水裡，把他的頭往後靠在手上，然後聆聽著。
靈魂對他說：「我離開你以後，我把臉轉向東方，然後去旅行。一切睿智的事物都來自東方。我旅行了六天，而在第七天早晨，我來到韃靼人國境內的一個山丘上。我在一棵檉柳樹的樹蔭下坐定，好讓自己避開日曬。這片土地很乾燥，在熱氣裡燃燒著。人群在平原上來來往往，就像爬在一只磨亮銅碟上的蒼蠅。

「在中午的時候，一片紅色塵土雲從這片土地扁平的邊緣升起。韃靼人看到它的時候，拉緊他們上漆的弓，跳上他們的小馬，奔馳過去迎向它。女人們尖叫著逃向貨車，把自己藏在毛氈簾子後面。

「在薄暮時分韃靼人回來了，但其中五個人失蹤了，而那些回來的人有不少都帶著傷。他們把馬匹套到貨車上，然後迅速驅車離開。三隻豺狼從一個洞窟裡走出來，從後面凝視著他們。接著牠們用鼻孔嗅嗅空氣，然後朝著反方向小跑著離開。

「在月亮升起的時候，我看到平原上燃燒著一處營火，就朝那裡走去。一群商人坐在營火旁邊的地毯上。他們的駱駝被圍在他們後方，他們的黑人僕人則在沙地上搭起鞣皮做的帳篷，並且用霸王樹仙人掌造了個高牆。

「在我走近他們的時候，商人領袖起身抽出他的劍，問我有什麼事。

「我回答他，說我是我自己國家裡的王子，我從韃靼人身邊逃走，他們想把我變成他們的奴隸。領袖露出微笑，然後讓我看五顆固定在長竹竿上的腦袋。

「接著他問我誰是神的先知，我回答他是穆罕默德。

「在他聽到那位假先知的名字以後，他躬身行禮，握著我的手，然後把我安置到他身旁。一名黑人帶給我一些裝在木碟裡的馬奶，還有一塊烤過的羔羊肉。

「在破曉的時候，我們開始了我們的旅程。我騎在一匹紅毛駱駝上，就在領袖的旁邊，還有個跑者帶著一把長矛跑在我們前面。戰士們處於兩側，騾子載著商品跟在後面。商隊裡有四十隻駱駝，騾子的數量則是四十的兩倍。

「我們從韃靼人的國家，進入詛咒月亮之人的國家。我們看到獅鷲在白色岩石上守護著牠們的黃金，還有長著鱗片的龍睡在牠們的洞穴裡。我們經過群山時克制著呼吸，以免雪會落在身上，而且每個男人眼前都綁著一片薄紗。我們經過山谷時，俾格米矮人（Pygmies）從樹木中空的洞裡朝我們射箭，而在夜間，我們聽到野人們敲打著他們的鼓。在我們來到猿之塔的時候，我們把水果放在牠們面前，牠們沒有傷害我們。在我們來到蛇之塔的時候，我們給牠們裝在銅碗裡的溫牛奶，牠們讓我們通行。我們的旅程中有三次來到阿姆河堤岸，我們搭乘有巨大獸皮氣囊的木筏橫越它。河馬對著我們發怒，企圖殺死我們。駱駝在看見牠們的時候顫抖起來。

「每座城市的國王都向我們徵收通行費，卻不願讓我們進入他們的城門。他們隔著城牆朝我們扔麵包、在蜂蜜裡烘焙過的小玉米餅，還有填了椰棗、用細麵粉做的餅。每得到一百個籃子，我們就給他們一顆琥珀珠。

「村民看我們來到的時候，他們在井裡下毒，並逃到山丘頂。我們跟摩加戴人（Magadae）戰鬥，他們出生時是老人，每年都變得愈來愈年輕，在幼童時死去；我們跟拉克拓伊人（Laktroi）戰鬥，他們說他們是老虎之子，在自己身上畫上黃色與黑色；我們跟歐蘭提斯人（Aurantes）戰鬥，他們把死者埋在樹頂，自己則住在黑暗的洞窟裡，以免得他們的神——太陽——會殺死他們；我們跟克里米納人（Krimninas）戰鬥，他們崇拜一隻鱷魚，給牠綠草做的耳環，還用奶油與新鮮禽鳥餵食牠；我們還跟雅加桑貝人（Agazonbae）戰鬥，他們長著一張狗臉；我們也跟西番人（Sibans）戰鬥，他們有馬蹄，而且比馬匹跑得更輕快。我們隊伍裡有三分之一的人死於戰鬥，還有三分之一的人死於飢渴。其他人悄聲說著對我不利的話，還說我帶給他們厄運。我從一顆石頭底下抓出一隻角蛇，讓牠咬我。他們在看到我沒有因此而病倒的時候，變得害怕起來。

「在第四個月，我們抵達伊雷爾市（city of Illel）。我們在夜晚抵達城牆外的小樹林，空氣潮溼悶熱，因為月亮走到天蠍座的方位。我們從樹上摘下成熟的石榴，然後掰開它們，喝下它們甜美的汁液。然後我們在我們的地毯上躺下，等著黎明。

「而在黎明時，我們起身敲了城市的大門。它是用紅銅製成的，而且刻上了海龍和有翼飛龍。衛兵們從城垛上往下看，問我們來做什麼。商隊的傳譯回答說，我們是從敘利亞的島嶼帶著大量商品來的。他們扣下人質，然後告訴我們，他們會在中午為我們開城門，叫我們等到那時。

「在中午他們開了門，而在我們進城時，人們從屋子裡蜂擁出來看我們，還有個街頭公告員走遍全城，透過一個貝殼喊出消息。我們站在市集裡，而黑人們解開捆包上的繩索，拿出裡面花紋華麗的布料，並打開有雕刻的槭木箱子。在他們結束他們的任務後，商人們擺出他們奇特的商品：來自埃及的上蠟亞麻布，還有來自衣索匹亞國的上漆亞麻布，來自泰爾的紫色海綿與來自賽達的藍色簾子，冰冷琥珀做的杯子、細緻的玻璃器皿，以及黏土燒製的奇特容器。在一棟房子的屋頂上，有一群女人注視著我們。其中一個人戴著一張鍍金皮革面具。

「在第一天，教士們來跟我們以物易物，第二天來的是貴族，第三天來的則是工匠與奴隸。對於停留在這個城市裡的所有商人，他們都習慣這樣做。

「我們停留一個月亮週期，而在月亮漸漸虧缺時，我疲憊厭倦了，順著城市的街道遊蕩出去，來到了它的神的花園。教士穿著他們的黃色袍子，靜默地在綠色樹木之間移動，而在一條黑色大理石鋪成的人行道上，矗立著一棟玫瑰紅色的房子，神就住在其中。它的那些門是用粉狀漆料做的，門上用磨亮的浮雕金子做出了公牛與孔雀。傾斜的屋頂由海綠色的陶瓷鋪成，突出的屋簷掛著小鈴鐺做為裝飾。在白色的鴿子飛過去的時候，牠們會用翅膀敲擊鈴鐺，讓它們叮噹作響。

「廟宇前面是一個鋪了條紋瑪瑙的清澈水池。我躺在水池旁邊，用我蒼白的手指觸摸著寬闊的樹葉。其中一名教士朝我走來，然後站在我後面。他腳上穿著涼鞋，一隻用柔軟的蛇皮做成，另一隻是用鳥的羽毛做成。在他頭上有頂用銀色新月裝飾的黑色毛氈主教冠。七個黃色新月被織進他的袍子裡，而他捲曲的頭髮沾上了銻。

「一會兒後他對我說話，問我欲求為何。

「我告訴他，我想要見到神。

「『神在打獵。』這名教士說道，用他斜視的小眼睛奇異地看著我。

「『告訴我是在哪座森林裡，我會騎馬跟著他。』我回答。

「他用又尖又長的指甲梳理著長袍上的柔軟流蘇。『神在睡覺。』他嘟噥道。

「『告訴我在哪張躺椅上，我會在他旁邊看守。』我回答。

「『神在宴席上。』他喊道。

「『如果酒是甜的，我會跟他共飲，而如果酒是苦的，我也會跟他共飲。』這是我的回答。

「他驚異地低下頭，然後他握著我的手，把我拉起來，領著我進入神廟。

「在第一個房間裡，我看到一個偶像坐在一個邊緣有東方大珍珠的碧玉王座上。它是用象牙雕成的，高度跟一個人一樣。在他前額上有顆紅寶石，有濃厚的油從它的頭髮滴落到大腿上。它的腳被剛殺死的孩童流的血染紅了，而它的腰際束著一條銅製皮帶，上面點綴著七個綠寶石。

「我對教士說：『這是神嗎？』而他回答我：『這就是神。』

「『讓我見神，』我喊道：『否則我肯定會殺了你。』然後我碰了他的手，那隻手就萎縮了。

「然後那教士懇求我，說道：『請讓我的主人治療他的僕人吧，然後我就會讓他見神。』

「於是我在他的手上呼出我的氣息，而它再度變得完整，然後他顫抖著帶領我進入第二個房間，我看到一個偶像站在一個玉做的蓮花上，上面掛著巨大的祖母綠。它是用象牙雕成的，是一個人的兩倍高。在它的前額上有個橄欖石，它的胸膛上塗著沒藥與肉桂。它的一隻手上握著一隻彎曲的玉權杖，另一隻手上拿著一個圓形水晶。它穿著黃銅做的短筒靴，它粗粗的脖子上面圍著一圈透石膏[32]。

「我對教士說：『這是神嗎？』而他回答我：『這就是神。』

「『讓我見神，』我喊道：『否則我肯定會殺了你。』我摸了他的眼睛，那雙眼睛就變瞎了。

32 透石膏（selenite）是一種礦石，又稱透明石膏，呈雪白、半透明狀，其名稱與月亮女神（Selene）有關。

「然後那教士懇求我，說道：『請讓我的主人治療他的僕人吧，然後我就會讓他見神。』

「於是我在他眼睛上呼出我的氣息，然後視力就重回那雙眼睛，而他再度顫抖，接著帶著我進入第三個房間，然後，看啊！那裡面沒有偶像了，也沒有任何形象，只有一面圓形的金屬鏡子，安置在一個石頭做的祭壇上。

「我對教士說：『神在哪裡？』

「他回答我：『沒有神，只有你看到的這面鏡子，這是智慧之鏡。它反映了天堂與人間的所有事情，就只缺望著它的那人的臉。它不會反映出這個，好讓望著它的那個人可以保持睿智。那裡有許多其他的鏡子，不過它們是意見之鏡。只有這一面是智慧之鏡。而擁有這面鏡子的人知曉一切事情，也沒有任何事情能夠瞞得過他們。而沒能擁有它的人不會有智慧。因此它就是神，而我們崇拜它。』然後我望進鏡子裡，它就像他對我說過的那樣。

「然後我做了一件奇異的事情，但我做的事情並不重要，因為在一個距離此地只有一天路程的山谷裡，我把智慧之鏡藏起來了。請容許我再度進入你，做你的僕人，然後你就會比所有睿智的人都更睿智，而智慧將會屬於你。讓我進入你，然後就沒有人能跟你一樣有智慧了。」

但年輕漁夫笑了出來。「愛比智慧更好，」他喊道：「而小美人魚愛我。」

「不，沒有任何事比智慧更好。」靈魂說道。

「愛更好。」年輕漁夫回答，然後他跳進深海裡，靈魂則啜泣著穿過沼澤離去。

第二年結束之後，靈魂來到海岸邊，呼喚著年輕漁夫，他從深海中浮出，然後說道：「你為什麼要呼喚我？」

靈魂回答：「靠近一點，好讓我能跟你說話，因為我見識過種種神奇的事物。」

於是他靠近了些，躺在淺水裡，把他的頭往後靠在手上，然後聆聽著。

然後靈魂對他說：「在我離開你以後，我把臉轉向南方，然後去旅行。所有寶貴的東西都來自南方。我沿著通往阿詩特城（city of Ashter）的公路旅行了六天，沿著朝聖者走慣了、被滿天塵土染紅的公路前行，而在第七天早上我拉高視線，然後，看啊！這城市躺在我腳邊，因為它是個山谷。

「這個城市有九個城門，每個城門前都站著一匹青銅馬，當貝都因人從山區下來時馬就會嘶叫。城牆包著紅銅，上方的瞭望塔則鋪著黃銅屋頂。每座塔上都站著一個手中持弓的弓箭手；在日出時，他把一支箭射向一面鑼，在日落時，他則吹響一支角質的號角。

「在我設法進城時，衛兵們擋住我，問起我是誰。我回答說，我是個托缽僧，正要去麥加城，那裡有一片綠色薄紗，天使們親手在上面繡出銀色字母的《古蘭經》。他們滿心驚奇，請求我進城。

「城裡剛好有個市集。你本來真應該跟我在一起的。在狹窄的街道對面，歡樂的紙燈籠像大型蝴蝶那樣飄動著。風吹過屋頂時，它們升起又落下，像是漆上顏色的泡泡。商人們坐在他們攤位前的絲質地毯上。他們有直而黑的鬍鬚，而他們的纏頭巾上覆蓋著金色亮片，還有長串的琥珀與雕刻過的桃核，從他們冰涼的手指上滑過。他們之中的某些人販賣白松香與甘松，還有來自印度洋諸島的奇特香水，還有濃醇的紅玫瑰油，還有沒藥，以及小小的指甲形丁香。有人停下來跟他們說話的時候，他們就會把小撮的乳香扔到一個炭火盆上，讓空氣變得香甜。我看到一個敘利亞人把一根細棒子像蘆葦似地握在手裡。如灰色線條的煙從中冒出，而它燃燒時的臭氣，就像粉紅色杏樹在春天的臭味。其他人販賣銀手鐲，上面裝飾著滿滿的乳脂藍色綠松石，還有黃銅線做的踝環，上面有著小珍珠做的流蘇，還有金子做的虎爪、鍍金貓爪，同樣用金子做的豹爪，還有穿洞的祖母綠做的耳環，還有挖空的玉做的指環。從茶屋傳來吉他的聲音，還有抽鴉片的人用他們微笑的白臉張望著外面經過的路人。

「你真的應該跟我同在。酒販子在人群中擠出一條路來，他們肩膀上有大塊的黑色獸皮。他們大部分人賣的是設拉子紅酒，這種酒甜如蜂蜜。他們送上的酒是倒在小金屬杯裡，上面還灑了玫瑰葉。水果小販站在在市場上，他們賣各種水果：成熟的無花果有著瘀傷的紫色果肉；蜜瓜聞起來有麝香氣味，黃得像是黃玉；香櫞與蓮霧，成串的白葡萄，圓圓的紅金色柳橙，還有綠金色的卵形檸檬。有一次我看到一隻大象經過。牠的鼻子上塗了硃砂與薑黃，耳朵上罩著一層緋紅色絲繩編成的網子。牠停留在其中一個攤子對面，開始吃起柑橘，而那個男人只是大笑。你想不到他們這個民族有多奇怪。在他們高興的時候，他們去找販鳥人，向他們買下一隻籠中鳥然後放生牠，而他們的喜悅可能會更加增長；在他們悲傷的時候，他們會用棘刺鞭打自己，而他們的哀傷可能不會變得更少。

「一天傍晚，我遇到一些黑人抬著一個沉重的肩輿穿過市集。它是用鍍金的竹子做的，桿子是用點綴著黃銅孔雀的硃砂漆器做成的。窗前掛著薄薄的平紋細紗簾子，上面繡著甲蟲的翅膀，還有小小的米粒珍珠，而在它經過時，一個臉色蒼白的切爾克斯人（Circassian）[33]往外張望，然後對我微笑。我跟在後面，而那些黑人加快了他們的腳步，一臉怒容。但我不在乎。我感覺一股極大的好奇在影響我。

「他們終於停在一棟方形的白色屋子前。它沒有窗戶，只有一扇小門，就像墳墓的門。他們放下肩輿，然後用一只銅鎚敲了三次門。一個穿著綠色皮革卡夫坦長袍的亞美尼亞人透過一個小窗口往外看，當他看到他們時，他開門了，並且在地上鋪開一條地毯，而那女人走了出來。在她進屋時，她轉身再度對我微笑。我從來沒見過這麼蒼白的人。

「在月亮升起時，我回到同一個地方，尋找那棟房子，但它已經不在那裡了。在

33　切爾克斯人（Circassian）是起源於高加索西北地區的民族。

我看出這點的時候，我知道了那女人是誰，還有她為何對我微笑。

「你真的應該跟我在一起的。在新月的宴席上，年輕皇帝從他的宮殿中走出來，進入清真寺祈禱。他的頭髮與鬍鬚用玫瑰葉染過，他的臉頰用一種細緻的金色塵埃上過粉。他的腳掌與雙手用番紅花染成黃色。

「在日出時，他穿著一襲銀袍從他的宮殿走出來，而在日落時他穿著一襲金袍，再度回宮。人群紛紛拜倒在地，隱藏他們的臉孔，但我不願這麼做。我站在一個椰棗商販的攤子旁邊等待。皇帝看到我的時候，他揚起畫過的眉毛，停了下來。我靜靜站著不動，完全沒對他行禮致意。群眾驚異於我的大膽，勸告我逃離這個城市。我沒有理睬他們，而是去坐在販賣奇異神像的人旁邊，他們因為職業的關係而遭人厭惡。在我告訴他們我做了什麼以後，他們每個人都給我一個神像，然後請求我離開他們。

「那天晚上我在石榴街上的一間茶屋裡，躺在一個靠墊上的時候，皇帝的衛兵們進來帶我入宮。在我進去時，他們關上我背後的每一扇門，還在上面加了一條鍊子。裡面是一座巨大的宮廷，周圍環繞著一圈拱廊。牆壁是用白色雪花石膏做的，不時有些地方嵌入藍色與綠色的磚塊。柱子是用綠色大理石做的，步道用的則是一種桃花色大理石。我以前從沒見過像這樣的東西。

「在我穿過宮廷時，兩個戴面紗的女人從一處陽台上俯視著，並且詛咒著我。衛兵們加快腳步，長矛的末端敲響了磨亮的地板。他們打開一扇象牙做的大門，而我發現自己在一座有七個露台的水上花園裡。這裡種植了鬱金香與月光花，還有點綴著銀斑的蘆薈。一道泉水掛在黯淡的天空中，就像一根纖細的水晶蘆笛。柏樹有如燃盡的火炬；在其中一棵樹上，有隻夜鶯正在歌唱。

「在花園盡頭矗立著一座小小的涼亭。在我們走近它的時候，兩個宦官走出來迎接我們。他們肥胖的身軀在走路時左右搖擺，而他們用有黃色眼瞼的眼睛好奇地瞥向我。其中一個人把衛兵隊長拉到一旁，低聲對他說悄悄話。另一個人一直嚼著有香味的錠片，那是他用一種做作的手勢，從一個卵形的紫丁香色琺瑯盒子裡拿出來的。

「過了一會兒，衛兵隊長解散了士兵。他們回到宮殿裡，宦官們緩緩跟在後面，並且在經過桑椹樹時從樹上採下甜美的果實。有一次，兩個宦官裡較年長的那個轉過身來，對我露出一個邪惡的微笑。

「然後衛兵隊長招手要我走向涼亭入口。我走過去的時候完全沒有發抖，然後我把沉重的簾子拉到一邊，走了進去。

「年輕的皇帝舒展身體躺在染色的獅皮長沙發上，他手腕上棲息著一隻矛隼。在他後面站著一個纏著黃銅色纏頭巾的努比亞人，裸著上半身，裂開的耳朵上掛著沉重的耳環。在長沙發旁邊的一張桌子上，擺著一把巨大的鋼製阿拉伯彎刀。

「皇帝看到我的時候皺起眉頭，然後對我說：『你叫什麼名字？你不知道我是這個城市的皇帝嗎？』但我沒回答他。

「他用手指指著那把彎刀，努比亞人一把抄起它，然後衝過來極其暴烈地砍向我。刀鋒呼一聲穿過我，卻沒傷到我。那男人撲倒在地板上，而在他起身時，他的牙齒驚恐得喀喀作響，他把自己藏在長沙發後面。

「皇帝跳起身來，從一個武器架上拿下一把長矛，把它投向我。我抓住飛來的長矛，然後把矛頭折成兩半。他用箭射我，但我高舉雙手，它就在半空中停住了。然後他從白色皮革做成的皮帶裡抽出一把匕首，刺進努比亞人的喉嚨，免得那奴隸會說出他所受的恥辱。這個男人扭動得像隻被踐踏的蛇，唇邊冒出紅色的泡沫。

「他一死去，皇帝就轉向我，然後他用一小條邊緣有刺繡裝飾的紫色絲質餐巾擦掉他額頭明亮的汗水，同時對我說：『你是個先知，所以我不能傷害你？或者你是先知之子，所以我無法傷害你？我請求你今晚就離開我的城市，因為你在這裡的時候，我就不再是它的主人了。』

「於是我回答他：『我會為了擁有你一半的珍寶而離開。給我你一半的珍寶，我就會離開。』

「他握著我的手，然後領著我走進花園。衛兵隊長看到我的時候，他很納悶。宦官們見到我的時候，他們膝蓋發抖，而且在恐懼中撲倒在地。

「宮殿中有個房間，有八面紅色斑岩做的牆，還有用黃銅封起的天花板，上面掛著燈。皇帝摸了一下其中一面牆，那面牆打開來，而我們通過一條用許多火炬點亮的走廊。在每一側的壁龕裡都擺著大酒瓶，裝在裡面的銀塊都滿到邊緣。在我們抵達走廊中央的時候，皇帝說了不能說出的字眼，然後一道花崗岩門猛然打開，露出一道祕密泉水，而他把雙手放在他的臉前方，免得他會被光照到眼花。

「你不會相信那個地方有多神奇。那裡有塞滿了珍珠的巨大龜殼，還有尺寸極大的中空月光石，裡面堆滿了紅寶石。黃金儲存在大象皮做的寶箱裡，金沙則放在皮革做的瓶子裡。那裡還有蛋白石與藍寶石，蛋白石放在水晶杯裡，藍寶石放在玉杯中。圓形的綠色祖母綠依序排好，放在薄薄的象牙片上，而在一個角落裡擺著絲質的袋子，有些塞滿了綠松石，其他的則塞滿了綠柱石。象牙號角裡堆著紫水晶，黃銅號角裡堆著玉髓與紅玉髓。用雪松做的柱子上，掛著一串串黃色的山貓石[34]。在扁平的卵形盾牌上有著石榴石，酒紅色跟草綠色的都有。然而我告訴你的，只是那裡十分之一的東西。

「當皇帝把手從臉的前面移開時，他對我說：『這是我的藏寶屋，裡面有一半的東西屬於你，就像我答應過你的。而我會給你駱駝與駱駝伕，他們會聽從你的吩咐，帶著你那份珍寶到這世界上你想去的任何地區。今晚這些事情就會處理好，因為我不願意讓太陽——我的父親——看到我的城市裡有個我殺不死的男人。』

「但我回答他：『這裡的黃金屬於你，銀子也屬於你，珍貴的珠寶與高價的物品都是你的。至於我，我不需要這些。我也不會從你身上拿走任何東西，只要你戴在你

34 山貓石（Lynx stone）是一種傳說中的寶石，從山貓的尿裡凝結而成，實際上並不存在。

手指上的那個小戒指。』

「然後皇帝皺起眉頭。『這只是個鉛做的戒指，』他喊道：『它沒有任何價值。所以拿走你那一半珍寶，離開我的城市吧。』

「『不，』我回答：『我什麼都不會拿，只要那個鉛做的戒指，因為我知道它裡面寫著什麼，還有是為了什麼目的。』

「皇帝顫抖起來，他懇求我，並且說：『拿走所有珍寶，離開我的城市吧。屬於我的那一半也該是你的。』

「而我做了一件奇怪的事，但我做了什麼不重要，因為在距離此地只有一天路程的一個洞穴裡，我藏起了財富之戒。它距離此地只有一天路程，而它在等你到來。擁有這個戒指的人比全世界所有的國王都更富有。所以來拿它吧，然後這個世界的財富都會是你的。」

但年輕漁夫笑了。「愛比財富更好，」他喊道：「而且小美人魚愛我。」

「不，沒有任何東西比財富更好。」靈魂說道。

「愛更好。」年輕漁夫回答，然後直接跳入深海，靈魂則啜泣著穿過沼澤離去。

而在第三年結束之後，靈魂來到海岸邊，呼喚著年輕漁夫，他則從深海中浮出，並且說道：「你為何呼喚我？」

靈魂回答：「靠近一點，好讓我能跟你說話，因為我見識過種種神奇的事物。」

所以他靠近了些，躺在淺水裡，把他的頭往後靠在手上，然後聆聽著。

靈魂對他說道：「在一個我知道的城市裡，有個客棧坐落在一條河流旁。我跟喝著兩種不同色葡萄酒的水手坐在一起，吃著用大麥做的麵包，還有裝在月桂葉裡的沾醋鹽漬小魚。而在我們坐著尋歡作樂時，一名老人背著一條皮革地毯，還有一把有兩個琥珀角的魯特琴進來，走向我們。就在他把地毯放在地板上攤開來以後，他用一根羽毛琴撥撥動他的魯特琴弦，然後一個臉上罩著面紗的女孩跑了進來，開始在我們面前跳舞。她的臉蒙著一條薄紗面紗，她的腳卻是赤裸的。她的腳是赤裸的，而它們在地毯上到處移動，像是小小的白色鴿子。我從沒看過這麼神奇的東西；而她跳舞的城市，距離這裡只有一天的路程。」

在這一刻，年輕漁夫聽到他的靈魂說出這些話時，他想起了小美人魚沒有腳，不能跳舞。然後一股極大的欲望席捲了他，他對自己說：「這只有一天的路程，我可以回到我的愛人身邊。」而他笑了起來，然後從淺水裡起身，大步走向海岸。

在他抵達乾燥的海岸邊時，他再度笑了，並且對著他的靈魂伸出雙臂。他的靈魂則發出一聲喜悅的大喊，奔過去跟他會合，然後進入了他，而年輕漁夫看到他身體的影子，也就是靈魂的身體，在他前方的沙子上伸展開來。

他的靈魂對他說：「咱們別耽擱，立刻就去那裡，因為海神們很善妒，還有怪物聽從他們的吩咐。」

於是他們匆忙行動，那一整夜他們都在月下旅行，而接下來一整天他們都在太陽下趕路，然後在當天傍晚，他們來到一座城市。

年輕漁夫對著他的靈魂說：「這就是你對我說到的她跳舞的城市嗎？」

他的靈魂回答他：「不是這座城市，而是另一座。儘管如此，讓我們進去吧。」

於是他們進去了，並且通過了那些街道，而在他們通過珠寶商街的時候，年輕漁夫看到一只漂亮的銀杯放在一個攤位上。他的靈魂對他說：「拿走那只銀杯，然後把它藏起來。」

所以他拿了杯子，把它藏在他的長袍皺褶裡，然後他們匆促地離開這個城市。

他們走到距離那座城市一里格[35]遠以後，年輕漁夫皺起眉頭，把那只杯子丟開，對他的靈魂說：「你為什麼叫我拿走那只杯子還藏起來？做這種事情很邪惡啊！」

但他的靈魂回答他：「平靜點，平靜點吧。」

第二天傍晚，他們來到一座城市，年輕漁夫對他的靈魂說：「這就是你對我說到的她跳舞的城市嗎？」

他的靈魂回答他：「不是這座城市，而是另一座。儘管如此，讓我們進去吧。」

於是他們進去了，並且通過了那些街道，而在他們通過涼鞋販子的街道時，年輕漁夫看到一個孩子站在一罐水旁邊，他的靈魂對他說：「痛打那孩子。」所以他用力揍那孩子，揍到他哭了，然後在他做完這件事後，他們匆促地離開這座城市。

他們走到距離那座城市一里格遠以後，年輕漁夫變得憤怒起來，而且對他的靈魂

35 譯註：league 是古代的長度計算單位，大約是一個人走一小時可以走到的距離。

說：「你為什麼叫我痛打那孩子？做這種事情很邪惡啊！」

但他的靈魂回答他：「平靜點，平靜點吧。」

第三天傍晚，他們來到一座城市，年輕漁夫對他的靈魂說：「這就是你對我說到的她跳舞的城市嗎？」

他的靈魂回答他：「可能就是在這座城市裡，所以咱們進去吧。」

於是他們進去了，並且通過那些街道，不過年輕漁夫到處都找不到那條河，或是矗立在河邊的客棧。這座城市裡的人民好奇地看著他，他則變得害怕起來，對他的靈魂說：「咱們離開這裡，因為用白色的腳跳舞的她不在這裡。」

但他的靈魂回答：「不，咱們留在這裡吧，因為夜晚很暗，路上會有強盜。」

於是他讓自己在市場上坐下來休息，過了一會兒，有個穿著韃靼布料披風、戴著兜帽的商人經過，他拿著一根蘆葦相連製成的燈籠桿，桿尾掛著一個打孔獸角燈籠。然後這商人對他說：「既然攤位都關了，捆起的貨物也都綁上了繩索，你為什麼坐在市場裡？」

年輕漁夫回答他：「我在這座城市裡找不到客棧，也沒有能庇護我的親屬。」

「我們不全都是親人嗎？」商人說：「而且，不是同一個神造出我們的嗎？所以跟我來吧，因為我有一間客房。」

於是年輕漁夫站起身，跟著商人去他家。而在他穿過一座石榴花園，進入那間房子的時候，商人帶給他裝在銅碟裡的玫瑰水，讓他可以洗他的雙手，還給他成熟的蜜瓜，讓他可以解渴，並且在他面前放下一碗飯和一塊烤小山羊肉。

在他吃完以後，商人帶著他到了客房，要他睡覺安歇。年輕漁夫感謝了他，親吻了他手上的戒指，然後撲倒在染色山羊毛地毯上。他用一件黑羔羊毛被子蓋住自己，然後睡著了。

在日出前三小時，還是夜晚的時候，他的靈魂叫醒了他，並且對他說：「起床，到商人的房間去，實際上就是到他睡覺的房間去，然後殺了他，把他的金子從他身上拿走，因為我們需要它。」

年輕漁夫起了床，悄悄潛入商人的房間，商人的腳下放著一把彎刀，他旁邊的托盤裡則放著九個錢袋的金子。他伸出他的手，碰到那把彎刀，而在他觸碰它的時候，商人驚醒了，他跳起來，抓起那把刀，對著年輕漁夫大喊：「你以怨報德，用濺血來回報我對你展現的仁慈嗎？」

年輕漁夫的靈魂對他說：「打他。」然後他就打了商人，讓商人暈頭轉向，然後他抓起那九袋金子，迅速穿過石榴花園逃走，並且讓他的臉面對著晨星的方向。

在他們距離城市有一里格遠的時候，年輕漁夫捶打自己的胸膛，然後對他的靈魂說：「你為何命令我殺死那個商人，拿走他的金子？你肯定很邪惡。」

但他的靈魂回答他：「平靜點，平靜點吧。」

「不，」年輕漁夫喊道：「我沒辦法平靜，因為你先前讓我做的所有事情我都痛恨。我也痛恨你，而我命令你告訴我，你為什麼把我塑造成這樣。」

他的靈魂則回答他：「在你把我送進這個世界裡的時候，你沒有給我心，所以我學會做所有這些事情，也愛上這些事了。」

「你說什麼？」年輕漁夫囁嚅道。

「你知道的，」他的靈魂回答：「你知道得很清楚。你忘記了你沒有給我心嗎？我相信你沒忘。所以別這樣困擾你自己跟我了，平靜下來吧，因為沒有一種痛苦是你不能送走的，也沒有任何樂趣是你無法接受的。」

年輕漁夫聽到這些話的時候，他顫抖起來，對他的靈魂說：「不，你是邪惡的，讓我忘記了我的愛人，而且用誘惑來引誘我，還讓我涉足於罪惡之道。」

而他的靈魂回答他：「你沒忘記，在你把我送進這個世界的時候，你沒給我心。來吧，咱們去另一座城市尋歡作樂，因為我們有九袋金子。」

但年輕漁夫拿起九袋金子，把它們扔下地，然後踐踏它們。

「不，」他大喊：「我不願意跟你有任何瓜葛，我也不會再跟你到任何地方去旅行，就像以前我把你送走一樣，現在我也會把你送走，因為你對我沒有任何好處。」然後他轉身背對月亮，拿出那把有綠色蝰蛇皮的小刀，他努力要把身體的影子——也就是靈魂的身體——從他腳邊切掉。

然而他的靈魂沒有從他身邊動彈分毫，也沒有理會他的命令，只是對他說：「那女巫告訴你的咒語對你已經無效了，我無法離開你，你也不能趕我走。一個人在他的一生中可以送走他的靈魂一次，不過他要是收回了他的靈魂，就必須永遠把它留在身邊，這是他的懲罰，也是他的獎賞。」

而年輕漁夫變得蒼白，握緊了雙手哭喊道：「她是個不誠實的女巫，她沒告訴我這件事。」

「不，」他的靈魂回答：「她對她崇拜的『他』是真誠的，而她永遠都是『他』的僕人。」

當年輕漁夫知道他無法再擺脫他的靈魂，而且這個邪惡的靈魂會永遠留在他身邊的時候，他撲倒在地上，痛苦地啜泣。

到了白晝，年輕漁夫站了起來，對他的靈魂說：「我會綁住我的雙手，好讓我不會聽你使喚，而且閉緊我的嘴唇，好讓我不會說你的話語；我會回到我愛的她居住的地方。我甚至會回到大海，還有她習慣唱歌的那個小海灣，而我會呼喚她，告訴她我造過的孽，還有你對我造的孽。」

而他的靈魂誘惑著他，並且說：「你的愛人，你應該回歸的她是誰啊？這世界有許多人比她更美。有薩瑪莉絲（Samaris）的跳舞女孩，她們用各種飛禽走獸的姿態跳舞。她們的腳上用散沫花染劑彩繪，手上有小小的銅鈴。她們一邊跳舞一邊笑，而她們的笑聲就像水的笑聲一樣清澈。跟我來，我會對你展示她們。你對於罪惡之事這麼操心做什麼？吃起來很愉快的東西，不就是為了食客而製作的嗎？有喝起來甜蜜的毒藥嗎？別讓你自己煩心了，就跟我到另一座城市去吧。有個就在附近的小城，那裡有一個鬱金香樹花園。白孔雀與藍胸脯的孔雀，就住在這座可愛的花園裡。在牠們對著太陽開屏的時候，牠們的尾巴就像象牙做的碟子，還有鍍金的碟子。餵養牠們的她為了取悅牠們而跳舞，有時候她用手跳舞，其他時候她則用腳跳舞。她的眼睛用眼影墨染了色，她的鼻孔形狀就像一隻燕子的翅膀。她一邊鼻孔的一個鉤子上掛著一朵用一顆珍珠雕出來的花。她在跳舞時會發出笑聲，而她腳踝上的銀環會像銀鈴那樣叮噹作響。你就別再自尋煩惱了，跟我到這座城市來吧。」

可是年輕漁夫不回答他的靈魂，只是用沉默的封印閉緊他的嘴唇，用一條緊緊的繩索束縛他的雙手，然後旅行回到他所來之處，實際上就是回到他的愛人過去習慣唱歌的那個小海灣。他的靈魂一路上一直引誘著他，但他不回答它，他也不做任何它設法要他做的惡行，他內心的愛力量就是如此巨大。

他抵達海岸時，鬆開綁住他雙手的繩索，把沉默的封印從他嘴唇上拿掉，然後呼喚著小美人魚。不過她沒有應他的呼喚而來，雖然他呼喚她一整天，而且懇求著她。

然後他的靈魂嘲弄他，說：「當然，你從你的愛裡只能得到一點點喜悅。你就像死到臨頭時把水倒進破裂容器裡的人。你丟掉了你擁有的，而你沒有得到任何回報。你最好跟我來，因為我知道愉悅山谷在哪裡，還有那裡在做些什麼事。」

不過年輕漁夫不回答他的靈魂，而是在一塊岩石的裂隙上替自己蓋一棟用枝條搭起的房屋，然後在那裡住了一年。每天早上他都呼喚著美人魚，每天中午他都再度呼喚她，也在晚間說出她的名字。然而她從未自海中升起與他見面，他也無法在海中的任何地方找到她，雖然他在洞窟裡、在綠色的水裡、在潮汐池裡、在深海底部的井裡都尋找過她。

他的靈魂一直用邪惡引誘他，並且悄聲說些恐怖的事情。然而這對他毫無用處，他的愛力量就是如此巨大。

在那年結束之後，靈魂在他體內想道：「我已經用邪惡引誘過我的主人了，而他的愛比我更強。我現在會用善來引誘他，可能這就會讓他跟我來了。」

於是他對年輕漁夫說話：「我告訴過你這個世界裡的喜悅，而你對我裝聾作啞。現在讓我告訴你這世界的痛苦吧，這可能會讓你願意傾聽。說真的，痛苦是這個世界的主宰，沒有任何人能逃過它的網羅。有些人沒有衣裳，其他人沒有麵包。有些寡婦過得奢華，有些寡婦過得拮据。痲瘋病人在沼地上來回徘徊，他們對彼此都很殘酷。乞丐們在公路上來來去去，他們的錢包空蕩蕩的。饑饉走過各個城市的一條條街道，瘟疫則坐在這些城市的大門上。來吧，咱們去彌補這些事情，讓它們不再如此。既然你的愛人不來回應你的呼喚，為什麼你要在這裡逗留，呼喚著她？而什麼是愛呢？你竟然這麼看重它？」

然而年輕漁夫什麼都不回答，他的愛力量就是如此巨大。每天早上他呼喚著美人魚，每天中午他再度呼喚她，而在晚間他說出她的名字。然而她從未自海中升起與他見面，他也無法在海中的任何地方找到她，雖然他在海中的河流、在波浪下的山谷、在夜色染成的紫色大海、也在黎明留下的灰色大海裡尋找過她。

在第二年結束之後，靈魂在晚間對年輕漁夫說話，就在他獨自坐在枝條搭成的屋裡時：「看啊！現在我既然已經用邪惡引誘過你了，也用善引誘過你了，而你的愛比我更強。因此我不再誘惑你了，但我請求你讓我進入你的心，這樣我也許能像從前一樣，與你合而為一。」

「你當然可以進來，」年輕漁夫說：「因為在你沒有心又走遍世界的日子裡，你一定受了很多苦。」

「哎呀！」他的靈魂喊道：「我找不到進入的地方，你的這顆心被愛包圍得這樣徹底。」

「要是我可以幫忙你，我會的。」年輕漁夫說道。

而在他說話的時候，海中傳出極大的哀悼哭喊，就是海民當中的一員死去時，眾人會聽到的那種哭喊。年輕漁夫跳起身，離開他用枝條搭起的房屋，奔向海岸。黑色的波濤匆匆來到海岸，它們帶著一個比銀更潔白的負荷。它白得像是碎浪，而且像是一朵花那樣在波濤間翻滾。碎浪從波濤中接過它，泡沫又從碎浪裡接過它，然後海岸接收了它，而年輕漁夫看出躺在他腳邊的，是小美人魚的身體。它躺在他腳邊，已經死了。

他啜泣得像是一個受到痛苦沉重打擊的人，猛然撲倒在它旁邊，親吻著那冰冷鮮紅的嘴，撫弄著那潮溼的琥珀色頭髮。他猛然撲倒在它旁邊的沙子上，啜泣得像是一個在喜悅中顫抖的人，並且用他棕色的雙臂，把它緊抱到胸前。那雙嘴唇很冰冷，他還是親吻著它們。鹽就是頭髮上的蜜，然而他帶著苦澀的喜悅品嚐它。他親吻著閉上的眼瞼，而放在這對杯子上的狂野水花，還沒有他的眼淚那麼多鹽。

而對那死物，他做出了懺悔。他在它的耳殼裡注入了他的故事做成的澀口劣酒。他把那雙小手圍到他脖子上，用他的手指觸摸著那細蘆葦稈般的喉嚨。苦澀啊，他的喜悅如此苦澀，而他的痛楚裡充滿了奇異的快樂。

黑色的海來得更近了，而白色的泡沫像個瘋瘋患者那樣呻吟。大海用泡沫的白色爪子抓撓著海岸。從海王的宮殿裡，再度傳來哀悼的哭喊，而在海上遠處，巨大的川頓們嘶啞刺耳地吹著他們的號角。

「逃走吧，」他的靈魂說：「因為海會來得更近，要是你在此逗留，它會殺了你的。逃走吧，因為我很害怕，看到你的心因為你的愛這樣巨大而對我關閉。逃到安全的地方吧。你當然不會讓我沒有一顆心，就被送進另一個世界吧？」

不過年輕漁夫沒有聆聽他的靈魂，而是呼喚著小美人魚，然後說：「愛比智慧更好，比財富更寶貴，比人類之女的腳更美。火不能摧毀它，水也無法澆熄它。我在黎明呼喚你，而你沒有應我的呼喚而來。月亮聽到你的名字，然而你沒有理睬我。因為我邪惡地離開了你，而我遊蕩離開只是傷害我自己。然而你的愛一直與我同在，它一直都那麼強大，沒有任何事物能夠凌駕它，儘管我曾經見識過惡，也見識過善。而現在你死了，我當然也會跟你一起死。」

他的靈魂懇求他離開，但他不願意，他的愛就是這麼巨大。海來得更近了，設法用它的波浪覆蓋他，而在他知道終點伸手可及的時候，他用瘋狂的嘴唇親吻美人魚的冰冷嘴唇，他體內的心破裂了。就在他那完整的愛讓他的心臟真的裂開的時候，靈魂找到了一個入口進去了，就像過去一樣，與他合而為一。然後海用它的波浪覆蓋了年輕的漁夫。

到了早晨，神父走上前去祝福海洋，因為它一直動盪不安。隨他而來的有僧侶和音樂家，還有捧著蠟燭的人，還有搖晃著香爐的人，還有一大批群眾。

在神父抵達海岸的時候，他看到年輕漁夫躺在那裡，溺斃在碎浪中，緊扣在他雙臂裡的是小美人魚的屍體。他皺著眉頭退後了，畫了個十字後，他大聲叫喊著說道：「我不會祝福大海，也不會祝福裡面的任何東西。海民該被詛咒，而所有跟他們交流的人都該被詛咒。至於為了愛的緣故而背棄神的人，他躺在這裡，跟他的姘頭都被神的審判所殺；抬起他的屍體，還有他姘頭的屍體，把他們埋在漂布地[36]的角落裡，在他們上方不要樹立任何標記，也沒有任何一種記號，這樣就沒有人會知道他們的安息之地。因為他們在活著的時候該受詛咒，他們死後也該受詛咒。」

於是眾人照著他的命令做了，在漂布地的角落，沒有香甜藥草生長的地方，他們挖了個深坑，然後把那些死物放進裡面。

在第三年結束的時候，在一個宗教節日裡，神父去了禮拜堂，為了對眾人展示上主的傷口，並且向他們講起上帝之怒。

就在他替自己穿上他的聖袍，走了進去，然後在聖壇前躬身行禮的時候，他看到聖壇上覆蓋著前所未見的奇特花朵。它們看起來那麼奇特，又有一種古怪的美，它們的美讓他心神不寧，而它們的氣味在他鼻孔裡那麼甜美。他感到歡欣，然而不理解他為何歡欣。

36 漂布地（Field of the Fullers）一詞有聖經典故，指的是漂布之地，也就是洗衣場。

然後在他打開神龕，薰香神龕裡的聖體匣，把聖餅發給眾人，然後再度把神龕藏在層層帷幕後面之後，他開始對眾人說話，想跟他們談上帝之怒。然而那白花的美困擾著他，它們的氣味在他鼻孔裡很甜美，而另外一種話語來到他唇邊，他講的不是上帝之怒，而是以愛為名的上帝。而他為什麼這麼說，他不知道。

當他結束他的談話時，群眾啜泣著，而神父回到了聖器收藏室，他的眼睛裡充滿淚水。然後執事們進來了，開始替他脫下袍子，從他身上拿下聖職衣與腰帶、彌撒帶與聖帶。他站在那裡，像是一個身在夢中的人。

在他們替他脫下袍子後，他注視著他們，然後說：「擺在聖壇上的那些花是什麼花，它們是從哪裡來的？」

他們回答他：「它們是什麼花，我們說不上來，但它們是來自漂布地。」神父顫抖著，回到他自己屋裡祈禱。

然後在早晨，還是破曉時分的時候，他跟僧侶還有樂師們，還有捧蠟燭的人與搖晃香爐的人，還有一大批群眾一同出發，來到了海岸邊，祝福了大海，還有裡面的所有野生之物。他也祝福了農牧神法恩，還有在林地裡跳舞的小東西，還有眼睛明亮、透過樹葉窺看的生物。上帝世界裡的所有事物他都祝福，而眾人滿心喜悅與驚奇。然而，在漂布地的角落再也沒有長出任何一種花朵，那片地仍然像過去一樣貧瘠。海民也不像過去習慣的那樣來到海灣裡，因為他們去了大海的另一部分。

孤獨的花火——王爾德其人

漫遊者編輯室

巴黎的拉謝茲神父公墓裡，許多舉世聞名的文學家、音樂家、哲學家長眠於此，走到深處會見到一座飛翔的亞述天使雕塑，渾身布滿唇印[37]，那正是異鄉人王爾德長眠之處。這位才華橫溢的作家即使在百年之後，依然吸引無數愛慕者到他墳前祭奠。

一八五四年，奧斯卡．王爾德（Oscar Fingal O'Flahertie Wills Wilde）誕生於愛爾蘭都柏林。父親為耳鼻外科醫生，母親則是詩人兼作家。家境小康加上從小就受文學薰陶，王爾德在進入都柏林聖三一學院後，很快就嶄露頭角。這個時期，他得到約翰．馬哈菲（John Pentland Mahaffy）教授的引導，也培養出對希臘文學的深厚興趣。

37　二〇一一年後，因唇印過多會導致雕塑損傷，雕塑周圍已立起玻璃帷幕，隔絕遊客不當舉動。

此外，他也參加了每週討論知性與藝術主題如羅塞蒂（Dante Rossetti）的社團，甚至提出自己對美學的看法。十九歲時，他進入牛津大學就讀。

十九世紀後半的英國正是名符其實的「日不落國」，剛經歷了十八世紀的工業革命，經濟、技術大幅成長，國力日漸強盛，四處擴張殖民地，中產階級勢力興起。進入維多利亞時期的文學家也把目光下放，關注起各階層發生的社會問題，像是狄更斯所描繪的倫敦日常，關於中下階層的勞苦與掙扎，或是薩克萊筆下的《浮華世界》，小人物為能擠身上流社會，情愛肉體全都當作交易的籌碼。

在這種背景下成長的王爾德，並沒有走進「將文學做為映照現實的鏡子」這個隊伍，他也不打算把文字當作任何道德勸說的工具。他的書寫必須做為一種超越生活的存在，一種在現實之上的美，這也正是唯美主義者的中心思想，「為了藝術而藝術」（L'art pour l'art）。王爾德在牛津的時候認識了文學家華特．佩特（Walter Pater），佩特身為唯美主義者的中堅分子，其理論對王爾德影響深遠。

在王爾德短暫四十六年的人生裡，他的創作相當廣泛，包括小說、戲劇、童話、詩作、散文等各種面向，且樣樣皆取得非凡的成就。他所追求的美，某種程度體現在他看似信手捻來便能打動人心的辭句上，譬如在〈夜鶯與玫瑰〉裡，夜鶯曾說道：

生命對每個人都很寶貴。坐在翠綠的樹上，看著太陽駕著金色馬車升起，月亮駕著珍珠馬車升起，是多麼愉悅的事。山楂的香氣如此芬芳，隱居於山谷中的藍風鈴草，與盛開在山坡上的石楠花也一樣芬芳。然而愛情勝過生命，一隻鳥兒的心又如何比得上人類的心呢？

儘管如此，王爾德的美學並非只有形象的美、歡愉的美、良善的美。在《不可兒戲》、《理想的丈夫》、《溫夫人的扇子》等大受歡迎的劇作中，聰慧、機敏的台詞源源不絕，彷彿他譏諷嘲弄、睥睨眾生，結尾卻又好似開了個無傷大雅的玩笑。在小說《道林．格雷的畫像》裡，那些個骯髒罪惡的場景、畫布上隨著年月逐漸變得邪惡墮落的肖像，並非王爾德轉了性子以醜為美，而是一種探究的方式，透過虛偽、死亡、醜陋、罪惡，來思索所謂的藝術與本質。

然而，就在他以戲劇征服整個倫敦之際，他與情人艾爾佛瑞．道格拉斯（Alfred

Douglas，暱稱波西）的關係浮上檯面。波西的父親昆斯伯理侯爵（John Douglas, 9th Marquess of Queensberry）用一張紙條羞辱王爾德，讓他憤而狀告昆斯伯理侯爵誹謗，卻沒想到因為這樁官司，導致他與波西不見容於維多利亞時代保守風氣的同性戀情曝光，最終被捕下獄長達兩年。一夕之間，王爾德失去了家人、事業、朋友，甚至情人。出獄後，他離開英國來到歐洲大陸，輾轉遊走，最後來到了巴黎，但三年後就在巴黎一間小旅館裡抑鬱而終。

王爾德的一生短暫卻如花火般璀璨，或許正如快樂王子一般，將他金閃閃的才華一篇篇剝下，留在每個人的心裡。

王爾德年表

一八五四年

10月16日，耳鼻科醫生威廉・王爾德（William Wilde）的妻子珍・王爾德（Jane Wilde），在愛爾蘭都柏林魏斯蘭街21號生下次子奧斯卡・王爾德。

一八七一～一八七四年

就讀都柏林三一學院。接受老師馬哈菲的指導，啟蒙對希臘文學的興趣。

一八七四年

正式進入牛津大學莫德林學院（Magdalen College）就讀。

一八七五年

與馬哈菲教授前往義大利旅行。

一八七六年

父親威廉・王爾德去世。

一八七七年

再次與馬哈菲教授旅行，前往希臘和義大利。

一八七八年

詩作〈拉溫納〉（Ravenna）獲紐迪吉特獎（Newdigate Prize）。

自牛津大學莫德林學院畢業。

一八七九年

在倫敦與法蘭克・麥爾斯（Frank Miles）成為室友。

一八八〇年

戲劇《薇拉》（*Vera*）出版。

一八八一年

第一本著作《詩集》（*Poems*）自費出版。

一八八三年

在巴黎完成劇作《帕都瓦公爵夫人》（*The Duchess of Padua*）。

一八八四年

與康斯坦斯·勞埃德（Constance Lloyd）在倫敦結婚。

一八八五年

長子西瑞爾（Cyril）出生。

一八八六年

次子維維安（Vyvyan）出世。

一八八七年

擔任《婦女世界》（*Woman's World*）編輯。

一八八八年

童話集《快樂王子及其他故事集》（*The Happy Prince and Other Tales*）出版。

一八九〇年

《道林．格雷的畫像》（*The Picture of Dorian Gray*，一般也譯為《格雷的畫像》）在雜誌上發表。

一八九一年

結識艾爾佛瑞．道格拉斯（Lord Alfred Douglas，暱稱波西）。

《帕都瓦公爵夫人》在紐約公演。

發表散文《社會主義下人的靈魂》（*The Soul of Man under Socialism*）。

童話集《石榴屋》（*A House of Pomegranates*）出版。

在巴黎完成戲劇《莎樂美》（*Salomé*）。

一八九二年

《溫夫人的扇子》（*Lady Windermere's Fan*）在倫敦公演。

完成戲劇《無足輕重的女人》（*A Woman of No Importance*）。

一八九三年

《莎樂美》法文版出版。

《無足輕重的女人》在倫敦公演。

《溫夫人的扇子》出版。

一八九四年

《莎樂美》在英國出版。

詩集《斯芬克斯》（*Sphinx*）出版。

完成戲劇《不可兒戲》（*The Importance of Being Earnest*）。

《無足輕重的女人》出版。

一八九五年

《理想丈夫》（*An Ideal Husband*）在倫敦公演。

《不可兒戲》在倫敦公演。

王爾德狀告昆斯伯理侯爵（波西之父）誹謗，但昆斯伯理獲判無罪，王爾德反因嚴重猥褻罪被逮捕，最後罪名成立，被判處兩年監禁加重勞役。

一八九六年

王爾德母親去世。

《莎樂美》在巴黎公演。

一八九七年

在獄中寫了一封長信給波西，後來做為《獄中書》（*De Profundis*）出版。

出獄後，立即離開英國前往歐洲大陸，此生再未踏上英國國土一步。

與波西重逢，數月後再度分手。

一八九八年

康斯坦斯去世。

一八九九年

《不可兒戲》出版。

《理想丈夫》出版。

一九〇〇年

於巴黎的亞爾沙斯旅館（Hotel d'Alsace）辭世。

快樂王子與石榴屋：王爾德童話故事全集

The Happy Prince and Other Tales & A House of Pomegranate

作　　者　奧斯卡・王爾德 Oscar Wilde
譯　　者　林侑青、李康莉、吳妍儀
封面設計　莊謹銘
內頁排版　高巧怡
行銷企劃　蕭浩仰、江紫涓
行銷統籌　駱漢琦
業務發行　邱紹溢
營運顧問　郭其彬
責任編輯　劉文琪、周宜靜
總 編 輯　李亞南
出　　版　漫遊者文化事業股份有限公司
地　　址　台北市103大同區重慶北路二段88號2樓之6
電　　話　(02) 2715-2022
傳　　真　(02) 2715-2021
服務信箱　service@azothbooks.com
網路書店　www.azothbooks.com
臉　　書　www.facebook.com/azothbooks.read

發　　行　大雁出版基地
地　　址　新北市231新店區北新路三段207-3號5樓
電　　話　(02) 8913-1005
訂單傳真　(02) 8913-1056
初版一刷　2025年3月
定　　價　台幣330元

ISBN　978-626-409-077-3

國家圖書館出版品預行編目 (CIP) 資料

快樂王子與石榴屋：王爾德童話故事全集 / 奧斯卡.王爾德(Oscar Wilde)著 ; 林侑青, 李康莉, 吳妍儀譯. -- 初版. -- 臺北市 : 漫遊者文化事業股份有限公司出版 : 大雁出版基地發行, 2025.03
230面 ; 14.8×21公分
譯自 : The happy prince, and other tales & a House of pomegranate
ISBN 978-626-409-077-3(平裝)
873.57　　114002101